書下ろし長編時代小説

若殿はつらいよ

邪神艶戯

鳴海　丈

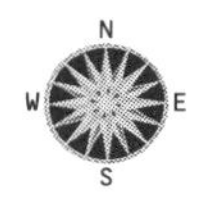

コスミック・時代文庫

この作品はコスミック文庫のために書下ろされました。

目次

第一章　切断美女……5
第二章　異国獣……28
第三章　赤地蔵……58
第四章　十手美女、哭く……87
第五章　聖炎教団……110
第六章　復讐の女忍……134
第七章　好色代官……162
第八章　受難の姉妹……188
第九章　神戸岩……209
あとがき……246

第一章　切断美女

一

ふっくらとした唇である。
その笹紅を刷いた唇が、男のものを咥えた。
舌先で柔らかな肉根を撫でまわし、右手が、根元から垂れ下がった玉袋を弄ぶ。
「ああ……」
その巧みな刺激に、若者は呻いた。
名を久次という。年齢は二十三、深川は南森下町の質商〈美濃屋〉の総領息子だ。
そこは、美濃屋の母屋の六畳間――久次の部屋だ。
夜具に横たわった久次の股間に、女は顔を伏せている。

寝間着の前を開き、白い下帯(したおび)を外して、男根に口淫を行っているのだった。

有明行灯(ありあけあんどん)に照らされた女は、二十歳(はたち)前であろう。

頬の豊かな下ぶくれの美女だ。切下げ髪に小袖、袿(うちぎ)、紅色の掛帯という古風な壺折(つぼおり)装束である。

「ああ、堪(たま)らぬ……お前様は一体……」

快感の余り、若旦那らしいのっぺりした顔立ちの久次は、身悶(みもだ)えした。

「何も考えぬでよい」

女は、舌技を施しながら、くぐもった声で言った。

「この心地よい快楽に、己が身をゆだねるのじゃ……」

絶妙な愛撫によって、久次の赤黒いものは、はち切れそうになっていた。

胴部がずんぐりと太く、先端部は、蝮(まむし)の頭に似て丸みを帯びた三角のようになっている。

長さもあり、並の男性のそれよりも、立派な姿であった。

その胴部を左手で摩擦しながら、女は、さらに舌の動きを活発にする。

「あっ、ああっ」

ついに、久次は放った。

腰を浮かせて、男の精を女の口の中に射出する。

切下げ髪の女は、眉をひそめながらも、その濃厚な雄汁を飲み干した。

久次は、満足げに吐息を洩らす。

「…………」

女は、勢いを失った肉根から唇を離すと、懐紙で口元を拭った。その顔は、鋼(はがね)の面のように無表情になっている。

肩越しに振り向くと、かすかに首を横に振った。

すると、座敷の隅に影のように控えていた男が、立ち上がった。

兜巾(ときん)に結袈裟(ゆいげさ)、白衣に鈴懸(すずかけ)、括袴(くくりばかま)という姿の大柄な山伏である。

山伏は、腰に下げた宝剣(ほうけん)を抜いた。

有明行灯に、きらりと刃(やいば)が光る。

久次の腰の前に屈みこんだ山伏は、縮んだ肉根を左の指で摘まみ上げた。

そして、宝剣を一閃させる――。

「ん？」

お槙(まき)は立ち止まった。

今年で二十歳、凛とした中性的で整った顔立ちで、女にしては長身である。

深夜——そこは、深川の田安前と呼ばれる通りであった。

御三卿の田安家下屋敷の前の通りなので、このような俗称がついたのだ。

通りには、お槙の他に人の姿はない。

「今、悲鳴のようなのが聞こえたが……」

陰暦七月上旬の半月に照らされたお槙は、格子縞の小袖を臀端折りにして、白い木股を穿いている。

胸には、きりりと白の晒し布を巻いていた。

そして、懐には十手を呑んでいる。

神田銀町のお槙といえば、江戸でも少しは知られた女御用聞きであった。

世間では、彼女を〈韋駄天お槙〉と呼んでいる。

子供の頃から身軽で、駆けっこで男に負けたことがないという俊足の持ち主なのだ。

二年前に病死した父親の十手を受け継いで、十八という若さで御用聞きになってから、お槙は何度も手柄を立てている。

それには、下手人を見つけたら地獄の果てまで追いかけるという達者な足が、大いに役立っていた。

中年や初老の御用聞きだと、体力が落ちているから、どうしても若い下手人に走り負けしてしまう。

ところが、お槙は走るのが得意だから、相手がへたばるまで、いつまでも追跡を続けることが出来るのだ。

そして、精も根も尽き果てた相手は、抵抗する力も失っているから、縄をかけるのも容易である。

そういうわけで、捷疾鬼(しょうしつき)を追いかけて盗まれた仏舎利(ぶっしゃり)を取り戻した韋駄天になぞらえて、彼女は〈韋駄天お槙〉と呼ばれるようになったのだ。

「――こっちの方だったな」

そう呟(つぶや)きながら、お槙は、肥前唐津藩六万石の下屋敷と南森下町の間の通りへ入って行く。

右側が下屋敷の海鼠塀(なまこべい)、左側が町屋の並びだ。

すると、質商〈美濃屋〉と蠟燭屋(ろうそくや)の間の路地から、二つの人影が出て来た。

苧麻(ちょま)の薄布を垂らした市女笠(いちめがさ)をかぶった壺折装束の女と、錫杖(しゃくじょう)を手にした大柄な山伏である。

「おい、ちょっと待ってくんな」

懐から十手を抜いて、お槙は、足早に二人に近づいた。

「おれは、お上（かみ）から十手を預かっている御用聞きで、神田銀町の槙ってもんだ。こんな夜更けに、その路地の奥で何をしてたのか、聞かせて貰おうか」

「――」

二人は立ち止まって、お槙の方を見た。

そして、山伏が女に向かって無言で頷くと、お槙の前に立ち塞（ふさ）がる。

苧麻の薄布を翻（ひるがえ）して、女は、北森下町の方へ駆け去った。

「待ちやがれっ」

お槙は、山伏を迂回して、女を追おうとした。

が、山伏が、彼女の頭部めがけて、びゅうっと錫杖を振り下ろす。

「おっ」

機敏に、その一撃を避けたお槙は、相手の右腕に十手を振り下ろした。

が、山伏は、素早く錫杖を返して、十手を払った。

お槙は、ぱっと離れて、相手から距離をとる。

そして、北森下町の方へ駆け出そうとしたが、

「あっ」

いつの間にか、そこに、もう一人の山伏が立っていた。

不吉な気配に後ろを振り向くと、そこにも、別の山伏が立っている。

つまり、お槙は、三人の山伏に包囲されてしまったのだ。

山伏たちは、ひゅんひゅん……と錫杖を頭上で風車のように回転させた。

錫杖を回転させながら、お槙の周囲を円を描いて移動する。

「むむ……」

額に汗を浮かべて、お槙は唸った。

どいつが打ちかかって来るのか――三人から目を離せない。

だが、その三人が自分の周囲を回っているので、等分に目を配るのが難しいのだ。

懐の呼子笛を取り出して、助けを呼ぶことも出来ない。

笛を吹こうとする間に、打ち倒されてしまうだろう。

「ええいっ」

後ろに回った奴が、気合とともに、錫杖で打ちかかって来た。

お槙は斜めに跳んで、その錫杖を躱す。

が、正面にいた山伏が、

「おうっ」

横殴りに錫杖を叩きつけて来た。

お槙は、それを十手で受け止めようとしたが、

「あっ」

彼女の右手から、十手が吹っ飛んでしまう。

「むんっ」

三人目の山伏が、真上から錫杖を打ち下ろして来た。

素手になったお槙は、地面を転がって、その一撃を躱した。

片膝立ちになって、懐に右手を突っこむ。

すると、大柄な山伏が、錫杖を左手に持ちかえて、宝刀を抜いた。

そして、呼子笛を取り出したお槙に、宝刀を振るう。

「わっ」

左腕を斬られたお槙は、呼子笛を取り落とした。

右手で左腕の傷口を押さえて、お槙は後退る。

その背中が、唐津藩下屋敷の海鼠塀に当たった。これ以上、後退できない。

追いつめられた女御用聞きに、三人の山伏が、じりじりと迫る。

「く……」

お槙は、絶望的な表情になった――その時、

「――やめろ」

不意に、制止した者がいる。

「おっ」

山伏たちも、お槙も、声のした方を見た。

「若い娘を三人がかりで襲う山伏か――どちらが善人で、どちらが悪党か、訊くまでもないようだな」

そこに立っていたのは、若竹色の着流し姿の武士である。

細面（ほそおもて）の貴公子だった。目鼻立ちが整った端正な容貌で、気品とともに男らしさも兼ね備えている。

「邪魔だてするか、若造っ」

「何者だっ」

山伏たちは凶暴な表情になって、吠えた。

「わしは松平…いや、松浦竜之介（たつのすけ）という」

竜之介は微笑して、

「弱い犬ほど、よく吠える――という諺は、正しかったようだ」

「抜かしおったなっ」

「くたばれっ」

二人の山伏は、左右から同時に錫杖で打ちかかった。

銀光が閃いて、ぱちりと納刀の音がする。

「おおっ」

「あっ」

山伏たちは、驚愕した。錫杖が、真っ二つに切断されてしまったからだ。

松平竜之介が、目にも止まらぬ迅さで抜刀して、左右の錫杖を斬り落としたのである。

「見たか、泰山流の抜刀の業を」

竜之介は一歩前へ出て、

「さあ。観念して、その方らの正体を白状するがいい」

「ぬ、ぬぬ……」

二人の山伏は、頭分らしい大柄な山伏の方を見た。

すると、大柄な山伏は、ぴゅーっ……と指笛を吹く。

「ん？」

竜之介は眉をひそめる。

突如、闇の中から巨大な影が踊り出た。

「っ！」

とっさに、竜之介は大刀を抜いて、斬りつける。

と、その巨大な影は、宙で軀をくねらせて、竜之介の剣をかわした。そして、音もなく、地面に降り立つ。

「きゃあっ」

お槙が悲鳴を上げた。さすがの竜之介も、驚く。

それは狼であった。

しかし、普通の狼の体長が一メートル前後なのに、こいつは二メートル以上もある。まさに、巨狼であった。

体色は、白に近い灰色であった。

巨狼は、鋭い牙を剝き出しにすると、竜之介に向かって低く唸る。

その牙は、大刀の刃さえ嚙み砕きそうであった。

獣のにおいが、竜之介の方へ押し寄せて来る。

「退けっ」

大柄な山伏が命じると、二人の山伏は切断された錫杖を拾って、北森下町の方へ逃げ出す。

竜之介が、三人のあとを追おうとしても、巨狼に阻まれているので、どうにもならない。

三人の姿が見えなくなったところで、また、指笛の音がした。

すると、巨狼は身を翻して、闇の奥へ矢のような迅さで駆け去った。

「――――」

竜之介は大刀を鞘に納めると、お槙に近づいた。

「大丈夫か、傷を見せてみよ」

「ふん。こんなもの、掠り傷でさあ」

強がりを言う女御用聞きだが、斬り裂かれた袖が血で濡れている。

懐から手拭いを出した竜之介は、それで、お槙の左腕の付根を縛った。

「駕籠を拾って、医者へ行こう。本所の横網町に良い医者がいる」

「ですが、旦那…」

「そなたのように若い女の軀に、傷痕が残っては気の毒。しっかりと、治療をして貰わねば」

「わ、若い女……？」

女扱いされることに慣れていないのか、お槙は、狼狽え気味だ。

その時、美濃屋の大戸の潜り戸から、転げ出て来た者がいる。

「大変、大変っ」

手代らしい男が、地面に膝をついたままで叫んだ。

「わ…若旦那が、殺されていますっ」

二

「——で、どうなさいましたの？」

黒光りする巨根の玉冠部を舐めていた桜姫は、顔を上げた。

極太の茎部を舐めていた志乃も、玉袋を舐めていたお新も、顔を上げて愛しい旦那様の方を見る。

「お槙と一緒に、その美濃屋という店の総領息子の部屋を見たのだが……久次という息子は確かに死んでいた。股間の男のものを、切り落とされてな」

夜具に仰向けに寝ている松平竜之介は、三人の妻たちに言った。

「まあ……」

桜姫、志乃、お新の三人は眉をひそめて、顔を見合わせる。三人とも、薄物一枚という姿であった。

そこは——松平竜之介の三人妻の御殿、その寝間である。

青山に甲賀百忍組（ひゃくにんぐみ）支配・沢渡日々鬼（さわたりひびき）の屋敷があり、その敷地に三人妻御殿は建てられた。

数ヶ月前——十一代将軍家斉の命により、松平竜之介は、徳川家康の遺宝〈拝領猿〉をめぐって、仙台藩伊達家六十六万石の黒脛巾組（くろはばきぐみ）と闘い、伊達斉義の野望を叩き潰したのである。

その時、桜姫たち三人が敵の人質にとられぬように、日々鬼の屋敷に匿（かくま）った。

しかし、今後の安全も考えると、三人はこの場所で暮らした方が良いのではないか——と竜之介は考えたのである。

何しろ、竜之介の三人妻の一人、桜姫は家斉の愛娘（まなむすめ）で、形式上、竜之介は家斉の婿（むこ）であった。

そして、信州鳳藩十八万石の若隠居である竜之介は、気楽な若殿浪人でありながら、家斎の命で二度も天下を揺るがす大事件を解決している。

同時に、行方知れずだった家斎の隠し子〈おりん〉も、捜し出していた。

竜之介は、家斎の自慢の婿であり、また、有能な隠密剣豪でもあった。

これからも、家斎は、竜之介に無理難題と思えるような任務を申しつけるであろう。

その場合、三人妻の身の安全が、最も心配の種になる。

小田原宿には、竜之介が開いた泰山流剣術道場があり、今は高弟に道場の運営を任せていた。

以前は、そこで竜之介たち四人で暮らしていたのだが、今となっては、桜姫たちを小田原へ帰すのも難しい。

そこで、家斎の許しを得て、日々鬼の屋敷の敷地に、桜姫・志乃・お新の三人が住める愛妻御殿を建てて貰ったのだ。

何しろ、周囲を甲賀同心の組屋敷で囲まれているのだから、これほど安全で安心な場所はない。

今は、隣の組屋敷との境の塀の一部を壊して、行き来が出来るようにし、そこに別の御殿を建てている。

それは、沢渡日々鬼が〈花梨〉の名で育てた家斎の隠し子――りん姫の住居であった。

竜之介を実の兄のように慕っている十八歳のりん姫は、桜姫たちの御殿が沢渡屋敷に建てられたと聞いて、「ずるいよ。あたしも、姉上たちと、そこに住みたい」と言い出したのだ。

もっとも、昼夜を問わずに竜之介と三人妻の華々しい愛姦が繰り広げられている御殿に、処女のりん姫を同居させるのは、いささか問題があろう。

そこで、隣の組屋敷にりん姫御殿を建てて、愛妻御殿と自由に行き来できるようにすることで、話が纏まったのであった……。

「つまり、美濃屋の路地から出て来た市女笠の女と山伏が、残虐な方法で久次を殺害したのだろう」

美濃屋の手代が近くの自身番に転げこみ、そこにいた地元の御用聞きで左平次というのが駆けつけたので、竜之介は、現場を彼に任せた。

そして、お槙を駕籠に乗せて、横網町の弟子田楼内の家へ連れて行ったのである。

そして、楼内の治療が終わって、お槙を駕籠で銀町まで送らせてから、竜之介は、青山の愛妻御殿へ帰宅したのだった。

「でも、色恋のもつれじゃないみたいだし……そいつらは、どうして、男のものを切り落としたのかな」

掌に竜之介の玉袋を載せて撫でながら、お新が訊く。

「理由はわからぬが、楼内先生のところでお槙に聞いた話では、同じ手口で殺されたのは、これで五人目だそうだ」

「まあ、五人も……」

桜姫の侍女でもある志乃は、両手で巨根の茎部を擦りながら、顔をしかめた。

「あまりにも残虐な事件なので、瓦版を出すことも町奉行所が禁止しているから、世間には知られていないという。町方では、〈羅切魔〉と呼んでいるらしい」

「五人とも、大店の総領息子なのですか」

丸々と膨れ上がった玉冠部に頰を寄せて、桜姫が訊いた。

「いや、長屋に住む左官であったり、御家人の息子であったり、身分も年齢も家柄も稼業も様々だな。唯一、共通しているのは——」

竜之介は、三人妻の顔を見まわして、

「みんな、男のものが立派だったそうだ」

「あら、大変っ」

桜姫は上体を起こした。

「旦那様も、切断魔に狙われるのでは」

「そうでございますよ」

真剣な顔で、志乃は言う。

「旦那様の御破勢は、日の本一でございますからね」

御破勢——OHASEは、上流階級で用いられる男根の淫語である。

「いや、大丈夫じゃないかな」

そう言ったのは、お新である。

「どうしてですか、お新殿」

桜姫が、怪訝な面持ちで訊く。

「だってさ」

お新は悪戯っぽい表情になって、竜之介の巨根を擦りながら、

「竜之介様の魔羅はこんな硬いんだから、刃物も歯が立たないよ」

魔羅——MARAも、庶民の淫語で男根の意味であった。

「まあ……」

三人妻は顔を見合わせて、楽しげに笑う。

「――さあ、お喋りはここまでだ」

竜之介は、志乃の豊満な臀を、ぽんと軽く叩いて、

「志乃。お前から、跨がりなさい」

「はい、旦那様――失礼いたします」

薄い肌襦袢一枚の志乃は、裾を持ち上げて、竜之介の股間に腰を下ろした。

下裳は付けていないから、豊饒な繁みに飾られた秘部は剝き出しである。

お新が巨根の根元を摑んで、濡れそぼった女壺に誘導した。騎乗位である。

「あァ、ああ………」

とてつもない質量の肉根に、己れの肉体を貫かれて、志乃は甘い呻き声を上げる。

桜姫は、竜之介の右側に横座りになって、彼の唇を吸った。

お新は、左側に横座りになって、分厚い胸板を舐めまわす。

右手で桜姫の秘処を愛撫し、左手でお新の秘処を弄びながら、竜之介は、真下から志乃を逞しく突き上げた。

志乃は豊かな乳房を揺すりながら、汗まみれで忘我の境地へと送りこまれてゆく。

松平竜之介は、これから、愛する三人の妻を順番に何度も何度も満足させてやるのだ……。

三

「さあ、団子だ、甘辛団子。砂糖醤油で、ほっぺたが落ちるくらいに美味しいよ」

翌日の朝――その屋台は、両国橋の東の袂――東両国広小路に据えられていた。

今日も暑い陽射しの中、行き交う大勢の流れは、人の河のようだ。

「さあ、一本どうだい。買った、買った、買った」

団扇で七輪を扇ぎながら、団子売りは調子良く口上を述べる。

丸い団子を売っているくせに、自分は三角おにぎりのような顔をした中年男だ。

その香ばしい匂いに引きこまれるように、男の子が、ふらふらと屋台に近づく。
八、九歳だろう。農家の子供のようだが、長旅でもしてきたかのように、えらく汗と埃で汚れた格好であった。

団子売りは、じろりと男の子を横目で見て、金を持っていないと判断したらしい。

「行け、あっちへ行っちまえっ」

小声で追い払うと、通行人には愛想笑いを見せる。

「……………」

ごくり、と生唾を飲んだ男の子は、焼き上がった団子を並べた皿に、手を伸ばした。が、すぐに手を引っこめる。

目の隅で、その動きに気づいた団子売りは、

「この泥棒猫っ」

いきなり、男の子を蹴っ飛ばした。

「あっ」

男の子の軀は、毬のように転がってしまう。

驚いた通行人たちが、わっと跳び退いた。

「手癖の悪い餓鬼だ。二度と他人様に迷惑をかけないように、とっちめてやる」

団子売りは、倒れている男の子に近づくと、その脇腹を蹴り上げようとした。

が、次の瞬間、団子売りの軀が一間半ほども吹っ飛ぶ。

「わっ……な、何をしやがるっ」

団子売りは、自分の腰を蹴った相手を睨みつけた。

「蹴られて、痛いか」

そう言ったのは、着流し姿の松平竜之介である。厳しい表情で、

「大人のお前でも痛いのなら、こんな子供は、なおさら痛いのだぞ。わかったか」

「だ、だけど、そいつは団子泥棒…」

「泥棒はしておらぬ。わしは見ていた」

「………」

「皿に手を伸ばしはしたが、引っこめた。心の強い子なのだ」

「でも、そんな薄汚れた餓鬼は、大人が躾けしてやらねえと」

「安心しろ。この子がどんなに埃まみれでも、お前の根性ほどは汚くない」

竜之介がそう言うと、周囲の野次馬が、どっと笑った。

団子売りは顔を隠すようにして、こそこそと屋台に戻る。

竜之介は、男の子の方を向いた。

通りがかりの老婆が、男の子を立たせて、手拭いで埃を払っている。怪我はしていないようであった。

「造作をかけるな」

竜之介が笑いかけると、老婆も、にっこりとお辞儀をした。

「そなた、名は何という」

「……安吉」

男の子は、不安げな様子で答える。

「そうか、良い名だ」

松平竜之介は左腕で、軽々と安吉を抱え上げた。

「安吉殿に、わしが朝餉を振る舞おう。さあ、ゆくぞ」

第二章　異国獣

一

本所横網町の弟子田楼内の家──下男の音松が、その玄関の前を掃いていた。

「おや、松浦様──お早うございます」

松平竜之介が抱きかかえている安吉少年を、不思議そうに見ながら、頭を下げる。

「その子は？」

「わしの隠し子──にしては、少し大きかろう」

竜之介は冗談を口にして、

「三日ほど何も食べていないそうだ。すまんが、何か用意してくれぬか」

楼内の家へ来るまでの間、竜之介は、この安吉少年に、「何処の生まれか」とか「親兄弟はどうした」などと問い質(ただ)したりしてはいない。

　訊いたのは、ただ、「最後に何か食したのは、いつかな」だけである。

　それ以外のことは、安吉が話したくなった時に、自分から話してくれるだろう
――というのが、竜之介の考えだ。

「はい、はい。こちらへどうぞ」

　音松は、竜之介たちを勝手口の方へ案内する。

　台所の上がり框(かまち)に、竜之介が安吉を座らせると、音松が草鞋(わらじ)を脱がせて、小盥(こだらい)の水で足を洗ってやった。

「さあ、そこに座って待っておいで」

　音松は、小鍋に飯と水を入れて竈(かまど)にかける。

「三日も空きっ腹なら、まず、味噌粥を食べさせましょう。それで、少し様子を見て、気分が悪くならなければ、普通の食べ物でも大丈夫と思いますが」

「そうだな。人心地ついたら、後で湯屋へも連れて行ってくれ。これは些少(さしょう)だが
――」

　竜之介は、懐紙に包んだ一分金を、音松に渡す。

「こんなことを、していただいては……」

お辞儀しながら、音松は恐縮した。

「ところで、話が後先になったが、楼内先生はご在宅かな」

「はい、はい。治療室の方におられます」

大刀を腰から抜いた竜之介は、台所から上がって、廊下を治療室の方へ行った。

頭の固い武士ならば、「町屋の台所から上がらせるとは、無礼千万」と激怒するであろう。

だが、竜之介は、そんな形式的なことは気にしない。

板の間の治療室の隅——生薬簞笥（きぐすりだんす）の前で、老医師は薬研（やげん）で作業をしていた。

「先生、お邪魔します」

「竜之介殿か——昨日の件じゃな」

白髪を慈姑頭（くわいあたま）に結（ゆ）った弟子田楼内は、笑顔を見せた。顎が、三日月のようにしゃくれている。

十徳姿で、丸眼鏡をかけていた。

「少し待ってくれぬか。今、調薬中でな」

——拝領猿事件の最中に、弟子田楼内は、松平竜之介の本当の身分を知った。

それで、楼内は「竜之介様」と呼んでいたのだが、竜之介の方が「それでは、いかにも堅苦しい」と笑ったので、敬称が「殿」になったのである……。

「結構です。こちらで、待たせていただく」

竜之介は、大刀を右脇に置いて端座した。

気楽な着流し姿だが、その座った姿勢にも、十八万石の嫡男としての育ちの良さが、自然と滲み出ている。

「――」

楼内は真剣な眼差しになると、竜之介の存在を忘れたかのように、調薬の作業に没頭した。

楼内の姿を眺めて、竜之介は、胸の中で呟いた。

（思えば、この御仁とは不思議な巡り合わせだな――）

拝領猿事件の時に、この老医師と偶然に知り合ったのである。

そして、楼内の深い知識がなかったら、徳川家康が遺した三体の拝領猿の秘密は、解き明かすことが出来なかったであろう。

ゆえに、将軍家斎から内々に「その者も、大儀であった。褒美をとらせるように」という沙汰があったのだが――本人は固辞した。

「わしはただの医者で、大したことはしておらぬ。公方様のお言葉だけで、充分です」

並の町医者なら、渡りに船とばかりに、奥医師への推挙か、武家屋敷や大名屋敷への紹介を願い出るところだ。

しかし、楼内は、世間の耳目を集めることを避けているようなのである。

それについて、竜之介には、ひとつの推測がある——弟子田楼内は、実は、五十年前に死んだとされる平賀源内ではないか、と。

平賀源内は、元讃岐藩士の本草学者で、老中筆頭・田沼意次に目をかけられていた。

弁舌爽やかな発明家であり、鉱山師（やまし）であり、福内鬼外（ふくうちきがい）の名で浄瑠璃も書けば、源内焼きという焼物も考案し、西洋画も描くという多才な奇人であった。

しかし、酔った源内は、ささいな誤解から大工を斬り殺してしまい、その事件の取調中に、小伝馬町の牢内で獄死したという。

平賀源内は、牢内で死んだ——ろうない・でしんだ——これを逆さにしたのが、〈弟子田楼内〉という変名の謂（いわ）れではないか、と竜之介は考えたのだ。

もしも、小伝馬町牢屋敷の牢内で死亡した者が、今も生きているとなれば、そこに牢屋奉行の関与がなければならぬ。

牢屋奉行の石出帯刀を動かし、科人を死んだことにして外へ出せるほど権力を持つ者は、誰か。

それは、たとえば——当時の老中筆頭であろう。

生き延びた平賀源内は、大恩ある田沼意次に迷惑をかけないために、あくまで弟子田楼内として生きることにしたのではないか。

（しかし……それを今さら、楼内殿に訊いたところで、何の意味もない）

そのように、竜之介は考える。

（横網町の弟子田楼内先生は、貧乏な者にも優しい腕の良い仁医……そう思って付き合えばよいのだ）

それにしても、楼内が平賀源内であるなら、齢は百歳にもなるはずだが、驚くべき壮健さである……。

二

調合した薬を紙に包み、幾つもの薬包を作った弟子田楼内は、それを片付けてから、

「いや、お待たせした。竜之介殿が昨夜、深川の田安前の通りで拾った獣の体毛というのは、これでしたな――」

懐から、折り畳んだ懐紙を出した。

「はい」

立ち上がった松平竜之介は、楼内の前に座る。

それは、昨夜――竜之介が、美濃屋の前の通りから拾い集めた巨狼の体毛であった。

左腕を怪我した女御用聞きのお槙を連れて来た時、竜之介は、その体毛の鑑定も楼内に依頼したのである……。

弟子田楼内は、懐紙を広げて、中身の体毛を見ながら、

「この灰色の体毛は、たしかに狼のものだが……普通、狼の体長は大きくても四尺足らず。体毛は大体、赤茶色だ」

「しかし、わしが見た狼は七尺近くもありましたが」

「そこで、じゃ」と楼内。

「陸奥国の北には、海峡を隔てて蝦夷地がある」

「存じています。無論、行ったことはないが」

蝦夷地――現在の北海道である。

「蝦夷地にも、狼がいる。これを蝦夷狼と呼ぶのだが、実際に見てみると、内地の狼よりも一回り大きい」

「ほほう。先生は、蝦夷地に行かれたことがあるのですか」

「出羽久保田藩の佐竹侯に招かれた時、足を伸ばして、ちょっとだけな。ずいぶんと昔のことだが――」

さらりと重要なことを告白する、楼内だ。

竜之介は、甲賀百忍組(ひゃくにんぐみ)支配の沢渡日々鬼(さわたりひびき)から、平賀源内は久保田藩二十万六千石の第八代藩主・佐竹右京太夫義敦(よしあつ)に招かれて、鉱山開発の仕事をした――と聞いている。

「しかし、蝦夷狼の体毛は黄色みを帯びているから、この体毛とは違う。顔も面長(おもなが)でな」

「ですが……先生は先ほど、狼の体毛だと断言されましたが」

竜之介は、眉をひそめる。

「うむ、そこでだ」

楼内は、にこっと笑って、

「竜之介殿は、蝦夷地の西の方に、露西亜(ロシア)という国があるのをご存じかな」

「名前だけは、聞いた事があります。大国らしいですな」

「うむ。とてつもない広さの国だが、その東側は西比利亜(シベリア)という雪深い荒原らしい。その西比利亜荒原にも、狼はいる」

「西比利亜狼……」

「左様。西比利亜狼は、日(ひ)の本(もと)の狼の二倍もあり、体毛は白っぽい灰色だという。どうかな。昨夜、竜之介殿が見た巨狼そのままだと思うが」

　得意そうに胸を張る、楼内だ。

「わしは、毛皮になった西比利亜狼しか見ておらぬが、その時の手触りと、この体毛の手触りが同じように思える」

「しかし……どうして、露西亜の西比利亜に棲む狼が、この国に？」

「露西亜からは、冬に、蝦夷地に大きな氷の山が押し寄せる――と聞く。その氷の山に乗ってきたのかも知れぬ。そして、蝦夷地から流木か何かに乗って、内地に辿(たど)り着いたのではないか」

「ふうむ……」

「または、露西亜と密かに貿易をしている船に潜りこんで、直(じか)に内地に来たのかも知れんな」

松前藩や加賀藩が、露西亜や唐と抜荷(ぬけに)買い――つまり、密貿易をしているという噂は、以前からある。

露西亜の密輸船から新潟湊(みなと)に上陸した西比利亜狼が、どこかの山中で生き延びていたのであろうか。

「その西比利亜狼を飼い慣らして指笛で操る山伏、そして市女笠(いちめがさ)の女……羅切魔(らせつま)の正体は、何でしょう。一体、何のために、男のものを切断してまわるのでしょうか」

「それが難問だ」

弟子田楼内は腕組みをした。

「色恋のもつれからの刃傷沙汰ではないとすると、何か、どす黒い目的があるのではなかろうか――わしらには想像もつかないような、邪悪な企(くわだ)てが」

その時、廊下を、下男の音松の足音が近づいて来たので、二人は会話を中断した。

「あの――」

敷居際に座り、音松は亀のように首を伸ばして、治療室を覗きこむ。

「どうした」

「あの子は、どうしましたか。湯屋へ連れて行こうと思うんですが」

「あの子とは、誰のことだな」

「わしが東両国で、難儀している童を連れて来たのです」

竜之介が説明した。

「ははあ」

楼内は、わかったような、わからないような顔になって、

「で、その子が？」

「味噌粥を美味しそうに食べ終わったら、松浦様にお礼が言いたいというので、この廊下を曲がった先の部屋にいらっしゃると教えたのですが……こちらに参りませんでしたか。おかしいですね」

音松は、当惑したようである。

「――――」

竜之介は、大刀を持って、さっと立ち上がった。

廊下へ出て台所へ行ってみると、土間に置いたはずの安吉の草鞋がない。

背後から、音松と楼内がやって来て、

「松浦様。これは一体、どうしたことでしょう。あの安吉という子は、どこへ……」

「どうやら、安吉は、わしと先生の話を立ち聞きしていたらしい。そして、裸足で庭へ降りて勝手口に回り、草鞋を履いて出て行ったのだろう」

「しかし……なぜ、竜之介殿に挨拶もせずに、その子は黙って出て行ったのかな」

　楼内が眉をひそめる。

「おそらく、安吉は――」

　竜之介は、吐息をついた。

「昨夜の西比利亜狼と、何か関係があるのでしょう」

三

　――男が近づいて来る。

　その男は、下帯（したおび）一本の裸である。逞（たく）しい体軀（たいく）であった。

　男は、お槙の腕を取ると、自分の広い胸の中に彼女を抱きしめた。

「ああ……」

お槙は、体中から力が抜けたようになってしまい、羞かしさでいっぱいなのに、抗うことも出来ない。

晒しを巻いた乳房が、男の分厚い胸板に密着した。

心の臓が、太鼓を連打しているかのように脈動する。

男の大きな手が、彼女の軀をまさぐる。

その手は、白い木股に包まれた臀を優しく撫でると、お槙は熱い溜息を洩らした。

さらに大胆なことに、その手は、彼女の股間をも愛撫するのだ。

「そこ……そこは駄目…堪忍して」

お槙は小さく嫌々をしたが、男の人差し指が、布地の上から女の亀裂を撫で上げて………。

「───姉さん、姉さんてば」

お槙は、はっと目を覚ました。

妹のお咲が、心配そうに、こちらの顔を覗きこんでいる。

「どうしたの、傷が痛むの？　うなされてたみたいだったけど」

そこは、神田銀町のお槙の家であった。

二年前に父親の為造が風邪で亡くなって以来、この家に、お槙は妹のお咲と二人で住んでいるのだった。

――昨日の夜更けに、本所横網町の弟子田楼内に左腕の刀創の治療をしてもらったお槙は、駕籠で我が家に帰って来た。

そして、妹のお咲が寝間に敷いてくれた夜具に横たわって、そのまま眠りこんだのである。

ひどく疲れていたらしく、お咲に起こされるまで、一度も目が覚めなかったお槙であった。

大した量ではないが、出血したことも、眠りが深かった理由であろう。

「いや……傷は大丈夫のようだ」

お槙は、のろのろと上体を起こした。

手拭いで、額や首のまわりの汗を拭う。左腕には、晒し布が巻かれていた。

「お咲。今、何刻だ」

淫夢を見ていたことが羞かしくて、お槙は、妹の顔をまともに見ることが出来ない。

あの淫夢の中の男は、昨夜、命を救ってくれた松浦竜之介であった……。

「もう、巳の上刻くらいよ」

巳の上刻――午前十時である。

「あのね、姉さん。ついさっき、番太さんが使いに来たの」

十八歳のお咲は、清楚で優しげな顔立ちをしていた。

「へえ。何の用で」

「角の自身番で、同心の緒川様がお待ちなんですって」

「何だとっ」

驚いたお槙は、夜具を蹴るようにして立ち上がった。

「何で、それを早く言わないんだよっ」

「だから、今、言ったじゃありませんか。姉さんの怒りん坊」

「むむ、言い争ってる場合じゃねえっ」

お槙は、大急ぎで顔を洗うと、塩と房楊枝で歯を磨いた。

そして、着替えをする。木股も、穿き替えた。

「姉さん。朝御飯、おにぎりにしてあるけど、どうする？」

藍色の三筋縞の小袖を着たお槙は、帯を締めながら、

「悪いが、お前の昼飯にしてくれ。おれは、そのまま探索に出ることになるだろう」

「わかったわ、気をつけてね」

「うむ――」

お咲の鑽火（きりび）に送られて、お槙は家を飛び出した。

――自身番の上がり框（かまち）に腰をおろして、南町奉行所の定町廻り同心・緒川松之輔（まつのすけ）は、のんびりと番茶を飲んでいた。

緒川は中年で、平凡な風貌だが、人柄の練（ね）れた同心として知られている。

「旦那。お待たせして、申し訳ありません」

土間へ入ったお槙は、深々と腰を折って頭を下げた。

町役人や番太郎は、気を利かして席を外している。

「まあ、座れ」と緒川同心。

「腕の怪我はどうだ」

「へい。良い先生に手当してもらったんで、大して痛みもありません」

そう言って、お槙は、袖の上から左腕を擦った。

「それは良かった」緒川同心は言う。

「昨夜の美濃屋の件、本所の左平次に聞いたが、大手柄だったな」

「旦那、からかっちゃいけません。まんまと羅切魔に逃げられて、大しくじりでさあ」

お槇は、首の後ろに手を当てた。

「そうじゃねえ。お前のお蔭で、今まで雲をつかむように正体の知れなかった羅切魔が、市女笠の女と山伏の一団だと判明した。これが、どれだけ探索の励みになることか。お奉行様も、大いにお喜びになったそうだ」

「そいつは、畏れ入ります」

素直に嬉しくなる、お槇であった。

「何しろ、先月の月番だった北町と今月の月番の南町の双方が、血眼で追ってる下手人だからな」

緒川同心は、番茶の湯呑みを置いて、

「くだらない手柄争いをしているわけじゃねえが、北も南も、出来ることなら自分たちの手で捕まえたいと思うのが、これは人情だ」

「へい」

今朝方、町奉行所から、市女笠の女と山伏を見つけたらすぐに自身番か町奉行所に報せるように、という御触書をばら撒いた――と緒川同心は言う。

「山伏なんぞ、江戸中にどれだけいるかわからねえが、片っ端から呼び止めて、素性を調べることにしている」

「なるほど」

お槙は少し考えてから、

「旦那。あっしは、寝てる間に思いついたことがあるんですが」

「何だ、言ってみろ」

「羅切魔は、若い男の立派な魔羅を切断してゆくわけですが――」

わざと直接的な淫語を使う、お槙だ。

魔羅という言葉を口に出すのを躊躇うような普通の女と、一緒にされたくない――という女御用聞きとしての意地がある。

「これまで殺された五人が立派な魔羅の持ち主だと、どうして、奴らは知っていたんでしょう」

「それは……」

思いもかけなかった疑問を突きつけられて、緒川同心は絶句した。

羅切魔の犯行の残忍さに気を取られて、もっとも根本的な謎を見逃していたのである。

「たしかに、不思議な話だ。本人が自慢していたという話も聞かねえし……お前は、何か心当たりがあるのか」

「吉原、じゃございませんか」

「吉原……」

緒川同心は、目を見張った。

吉原遊廓は公許の売春区域で、今は日本堤にある。

広さは南北三町、東西が二町。そこで男の相手をする遊女の数は、華魁（おいらん）を頂点として、三千人とも、それ以上ともいわれていた。

「男の道具の大小は、いざという時にしかわからないと聞きました」

まだ男を識（し）らぬ生娘のお槙は、ぶっきらぼうな口調で言う。

「だったら、遊女こそが、それを知ってるはずで」

「うむっ」

緒川同心は、自分の膝を叩いた。

「お前の言う通りだ――普段は小さい道具でも、閨（ねや）の中では大きくなることもある。逆に、普段は大きくとも、いざという時には、あんまり膨らまない奴もいる。たしかに、実際に寝た女でなければ、男の道具の本当の大きさは、わからねえな」

「だから、ここ数ヶ月の間に、遊女に立派な道具を持った客のことを聞いてまわった奴が、いねえかどうか。それが手がかりになると思うんです」

「わかった。さっそく、吉原詰めの者に、聞きこみをさせてみよう」

吉原遊廓の大門には面番所(めんばんしょ)があり、そこに町奉行所の隠密廻り同心が詰めている。

犯罪で大金を手に入れた者や、役人に追われている者は、遊廓に来ることが多かった。

そこで、町方同心が常駐して、不審な客に眼を光らせていたのであった。

「無論、羅切魔が岡場所で聞きこみしたとも考えられるから、そっちは下っ引を総動員して当たらせよう。勿論、四宿もな」

江戸で売春が許されているのは、吉原遊廓と四宿——新宿・品川・千住・板橋の宿場女郎だけである。

だが、日本最大の都市である江戸には、岡場所から夜鷹まで、様々な私娼が溢れかえっていた。

「それにしても、お前は若いのに大したもんだ。目の付け所が半端じゃねえ。血は争えないというが、さすが、銀町の為造の娘だ」

緒川同心は、頼もしげにお槙を見る。

「旦那にそう言っていただけると、親父も草場の蔭で喜んでいると思います」

お槙は頭を下げた。

「お前の渾名が、韋駄天。韋駄天というのは、お釈迦様の舎利を盗んだ捷疾鬼を追いかけて、仏舎利を取り戻した将軍神だそうだな」

上機嫌で、緒川同心は言う。

「捷疾鬼は、羅刹という魔族だと聞いた。こじつけるようだが、韋駄天お槙のお前こそが、羅切魔をお縄にするのが相応しいというもんだ」

「へい」

「例の三件続いた大店皆殺しの盗賊の件もあって、江戸中が騒然としている。吉原や岡場所で何かわかったら、すぐに、お前に報せるように手配する。次の犠牲者が出ないように、頑張ってくれ」

「身を粉にして、羅切魔を追いつめるつもりです」

懐の十手の枝を握り締めて、お槙は頷いた。

「ところで、今日は、これからどうする。家で休むか」

「いえ、聞きこみをいたしやす」

「聞きこみか、どこへ？」

お槙は、にっと微笑んで、

「湯屋の三助でさあ」

四

「――御簾屋針はよろし、よろしゅうございますゥ」

お槙が出かけてから半刻ほど後――針売りの売り声を聞いて、

「針屋さん、針屋さん」

前掛けをしたお咲は、玄関へ飛び出した。

「はい、毎度」

腰の曲がった老婆が、のそのそとこっちへやって来る。

「御入り用は、針でございますか、糸でございますか。どちらも色々と揃えてございますよ」

「とにかく、見せてちょうだい」

「はい、はい」

老婆は、上がり框に腰を下ろすと、背負い帯の付いた木箱を、お咲の前に置いた。

箱の引き出しから、袋入りの針を取り出す。

「こちらが、京の御簾屋針。こちらが加賀の目細針でございます――」

お咲は慎重に選んでから、針と糸を購入した。

「助かったわ、お婆さん。お姉さんの着物を縫わなきゃいけないのに、針が錆びてて、困ってたの」

左袖を斬られて血のついた、お槙の格子縞の着物は、お咲が夜中の内に洗って、干しておいたのである。

「お役に立てて、よろしゅうございました」

代金を貰った老婆はお辞儀をしてから、

「おや、お客さん。きれいな手をなすってますね。この婆は、少し手相を観ます。買っていただいたお礼に、よろしければ、観て差し上げましょうか」

「まあ、ちょっと怖いわね。どうしようかしら」

お咲は少し迷ったが、好奇心の方が打ち勝ったらしく、

「じゃあ、せっかくだから、観て貰おうかしら」

そう言って、前掛けで拭いた右手を差し出そうとした時、

「――御免」

玄関先に、長身の影が現れた。

「あら――いらっしゃいまし」

そこに立っていたのは、若殿浪人の松平竜之介である。

「おや、邪魔であったかな」

玄関先に座りこんでいる老婆を見て、竜之介は、身を引こうとした。

「いいえ、商いは済みましたので――お侍様、ご無礼を致しました」

老婆は箱を背負うと、そそくさと立ち去る。

竜之介は、その後ろ姿を見送ってから、

「わしは、松平…いや、松浦竜之介という者だが、御用聞きのお槙の家は、ここで良いのか」

「まあ、あの…」お咲は驚いて、

「ひょっとしたら、夕べ、姉さんを助けてくださった御浪人様でございますか」

「そなた、お槙の妹か。助けたというほど大仰なものではない。たまたま、お槙の危難の場に行き逢わせただけのことだ」

お咲は前掛けを取ると、座り直して、

「咲と申します。姉の命をお救いくださり、お礼の申し上げようもございません。ありがとうございました」

両手をついて、深々と頭を下げる。

「うむ。そなたの姉が無事で何より」

竜之介は鷹揚に頷いて、

「で、お槙は在宅かな」

「それが生憎、南町の同心の旦那に呼ばれて、自身番の方へ……そのまま、探索に出てしまったかも知れません」

申し訳なさそうに、お咲が言う。

「いや、格別、お槙に用事かあったわけではない。傷の具合はどうかと思って、様子を見に来ただけだ。探索に出られるほど元気なら、それで宜しい」

「何もかも、ご浪人様のおかげでございます。良いお医者様に連れて行っていただいて」

もう一度、頭を下げてから、お咲は立ち上がって、

「お茶も差し上げませんで、失礼いたしました。さ、手狭なところではございますが、お上がりくださいまし」

そう言って、右手で奥を指した。

「今は、そなた一人か」

「はい。母は、わたくしたち姉妹が幼い頃に、父も二年前に病で亡くなりましたので」

「では、茶は、この玄関先で戴こう」

「それでは…」

「いや。嫁入り前の娘が一人だけの家に上がるのは、遠慮しておく」

竜之介は爽やかに微笑する。

「まして、そなたのような美しい娘なら、近所の目もうるさいはずだ」

「まあ、そんな」

真っ赤になったお咲は、奥に引っこんでから、盆に茶を載せて、戻って来た。

大刀を鞘ごと腰から抜いて、上がり框に腰を据えた竜之介は、茶を飲みながら、

「先ほど、ちらりと見えたのだが、そなた、右の掌の真ん中に黒子があるようだ

な」

「はい。生まれつき、黒子がひとつ」

羞かしそうに、お咲は、右手の甲を左手で撫でる。

「たしか、観相の方では、掌の真ん中にある黒子は福星というて、たいそう縁起のよいものと聞いた」

「ありがとうございます」

「きっと、良い連れ合いが見つかるだろう」

「ええ……」

耳まで赤くなったお咲は、顔を伏せた。そして、竜之介の端正な顔を、ちらりと見る。

「わたくし、姉と仲良く息災に暮らしていければ、それだけで幸せでございます」

「そうだな。人の世の幸福というのは、畢竟、それに尽きるようだ」

竜之介自身も、三人の愛する妻たちと穏やかに暮らしていければ、それで良い――と思うのである。

「――馳走になった」

竜之介は湯呑みを置くと、立ち上がって、大刀を帯に差した。

「また、寄らせて貰おう。お槙に宜しく言っておいてくれ」

「はい。申し伝えます」

去って行く竜之介の後ろ姿を見つめるお咲の瞳は、すでに恋する者のそれであった。

五

「――どうでありました、鬼琉殿」

大柄な山伏――曹源が訊いた。

山伏といっても、今は、何かの職人のような身形である。手拭いを米屋被りにして、風呂敷包みを手にしていた。

南町奉行所の触書が江戸中に回ったので、山伏の格好はやめたのである。

「お咲という娘は、我らの捜す者でございましたか」

「邪魔が入った」

針売りの老婆は腹立たしげに言って、已れの顔の皮を、べろりと剝ぐ。

皺だらけの皮や鬘の下から出て来たのは、羅切魔――切下げ髪の美女の顔であった。

そこは――柳原土堤にある柳森稲荷、その裏手の木立の中だ。蟬の声が、うるさいほどである。

神田川の対岸の佐久間河岸からも、その木立の中までは見えない。

鬼琉と呼ばれた女は、曹源の目も気にせずに、針売りの老婆の衣装を脱いで、全裸になった。

肌が眩しいほど白く、意外に胸乳は豊かで、下腹部の黒い繁みは逆三角形を為していた。

そして、鬼琉は、曹源が風呂敷の中から出した町娘風の着物に、手を伸ばす。

「邪魔、でございますか」

「昨夜の浪人者――松浦竜之介という虚け者じゃ」

「何と」

曹源は目を見張った。

「お咲の姉は、昨夜の女岡っ引のお槙だから、松浦某が訪ねて来ても、不思議はないが……首筋に冷や汗をかいたわ」

鬼琉は唇を歪めた。

「いや、鬼琉殿の変装術、なかなかのことでは見破れますまい」

「私もそう思いたいが、背中に向けられた松浦浪人の目が、何もかも見透かしているようで」

「すると、お咲の掌の福星は」

「少し様子をみよう」

帯を締めながら、切下げ髪の鬼琉は言った。

「とにかく、早く〈火の男〉を捜し出さねば。聖骨の件もあるし」

「左様ですな」

曹源は重々しく頷く。

「我らの、三百年の悲願成就のために――」

第三章　赤地蔵

一

「やい、ド三一、見つけたぞっ」

神田川に架かる浅草橋の上で、いきなり、松平竜之介に罵声を浴びせかけた者がいる。

神田銀町のお槙の家を出て、竜之介は、浅草阿部川町へ向かうところであった。

阿部川町には、三人妻の一人――お新の家がある。

その家は、近所の老婆に頼んで、三日に一度ずつ、掃除などをして貰って、いつでも寝泊まりできるようにしてあるのだ。

ほとんど眠らずに、夜明けまで三人の妻を可愛がった竜之介は、そこで昼寝をしようと考えたのである……。

竜之介が振り向くと、そこにいたのは、三角おにぎりのような顔をした男であった。

「その方は、たしか……東両国の団子屋であったな」

今朝――安吉(やすきち)少年に乱暴を働いた男である。

「覚えていたか。今さら、詫びても手遅れだぞ。――紋七(もんしち)兄貴、この野郎を叩きのめしてしてくだせえ、足腰の立たなくなるまで」

団子屋は、脇に立っていた肥満体の男に言った。

相撲取りくずれのように見える紋七は、坊主頭で眉が薄くて、目玉が大きい。まるで、海坊主のような風貌だ。

紋七の背後には、狸(たぬき)のような顔つきの小男と、頬傷の男がいる。三人とも、どう見ても堅気ではない。

「おい、ド三一。俺は、この団子売りの孫平(まごへい)の面倒を見てる、黒雲(くろくも)一家の紋七って者だ」

ぱっと諸肌(もろはだ)脱いで、ぶよぶよと贅肉だらけの上半身を見せつける紋七だ。

「熊殺しの紋七といえば、お江戸じゃ、ちょっとは知られた渡世名(ふたつな)だぜ」

「俺ァ、旋風(つむじかぜ)の仙太だっ」

狸顔の男が胸を張った。

「三日月の辰とは、俺のことさ」

頬の傷を突き出すようにして、三人目が名乗る。

浅草橋を渡っていた通行人たちは、あわてて、橋の袂(たもと)に避難した。

「――もう良いか」

竜之介は、うんざりした様子で言った。

「わしは些(いささ)か、眠い。用事が済んだのなら、行かせて貰うぞ」

踵(きびす)を返して、竜之介は、北の方へ渡ろうとする。

「逃すかっ」

紋七は両腕を伸ばして、竜之介に摑みかかった。

しかし、その手が竜之介の肩にかかる寸前、紋七の巨体が、くるりと宙に舞った。

「ああっ」

欄干(らんかん)を越えた紋七の軀(からだ)は、真っ逆さまに神田川に落ちる。

水柱が高々と上がって、飛沫が陽光に煌(きら)めいた。

「て、てめえっ」

兄貴分の紋七が、あっさりと投げ飛ばされたのを見て、仙太と辰は、藻掻くようにして懐の匕首を抜いた。

「うおおっ」

吠えながら、二人は竜之介に襲いかかる。

竜之介は、大刀の柄に手をかけることすらしなかった。

仙太の匕首をかわすと、その顔面に拳を叩きつける。

「ほげっ」

鼻柱を潰された仙太は、間抜けな悲鳴を発して匕首を取り落とすと、後ろへよろめいた。

そのまま欄干を越して、神田川へ落ちる。

「くたばれっ」

蛮勇を振り絞って、辰が、体ごとぶつかるように匕首で突きかかる。

竜之介は、その右手首に手刀を振り下ろした。

「ぎゃっ」

手首の骨に罅が入った辰は、濁った悲鳴を発した。その手から、匕首が落ちる。

竜之介は、その右腕を捻り上げると、無造作に背中を押した。

「わっ」

辰も、頭から神田川へ飛びこむ。

あっという間に黒雲一家の三人を始末した竜之介は、団子屋の孫平の方を見た。

「……へ？」

啞然としていた孫平は、次は自分の番だと気づいて、あわてて逃げようとする。

竜之介は、孫平の襟首を摑んだ。

そして、他の三人と同じように、無造作に神田川へ放りこむ。

「助けてくれ、俺は泳げねえんだっ」

「死ぬ、死んじまうよっ」

「ひいいっ」

「御母さァーんっ」

紋七たちは、両腕をばたつかせながら、喚いていた。

「その方らは、そこで少しは頭を冷やすがいい」

そう言い捨てると、松平竜之介は、阿部川町へ向かって歩き出す。

何艘かの川船が、溺れかけているごろつきどもの方へ寄って来た……。

二

「え？　男の道具の立派な客を、訊きに来た奴がいないかって？」

四角い顔をした五郎八（ごろはち）は、小豆を埋めこんだような小さな目を瞬（まばた）かせて、

「いますよ」

「本当か」

韋駄天（いだてん）のお槙は、身を乗り出した。

「ええ――今、銀町の親分に訊かれました」

「馬鹿野郎っ」

その日の夜――四谷の恵比寿湯の裏に、お槙と五郎八はいた。

五郎八は、この湯屋の三助なのである。

「お前は、江戸の三助の世話役みたいなことをやってるというから、こんな遅くに、わざわざ訊きに来たのに」

「すいません」

ぺこりと頭を下げる、五郎八だ。

「ああ、でも——立派な道具の人なら知ってますよ、うちの客じゃありせんが」

「ふうん」

疑いの眼差(まなざ)しで、お槙は、相手を見た。

「いえいえ、真面目な話です」五郎八は言う。

「俺も三助稼業は長いが、あんな立派な道具は初めて見た。しかも、そいつが、女を相手にした時は、さらに立派になって、いやもう、大変な業物(わざもの)でしてね」

「まるで、女との合戦を見てきたようだな」

「見ましたよ。米沢町の富士湯で、四人の酌婦を相手にするのを」

「そいつの名は」

「ご浪人さんでね——松浦竜之介という」

——松平竜之介が、将軍家斉から隠し子の〈おりん〉を捜すように頼まれた時、手がかりは臀(しり)にある三つの黒子(ほくろ)だけであった。

それで、竜之介は、江戸中の主だった三助を富士湯に集めて、臀に三つ星の黒子のある娘を見つけてくれ——と頼んだのである。

その時、竜之介と知り合いになったのが、この五郎八なのであった……。

お槙は、五郎八の口から竜之介の名が出たので、驚いた。

「ひょっとして、それは、えらく姿の良い若いご浪人か」

「ええ、そうです。阿部川町の家に住んでる、たいそう捌けたお人でねえ」

「あの方が、立派な道具を……」

お槙は、竜之介に愛撫される淫夢を見たことを思い出して、急に、下半身の奥が疼くのを感じた。

「わ、わかった」

五郎八の顔から目を逸らせて、お槙は言った。

「他の三助にも頼んだことだが、今後も男の道具の見立てを訊きに来た奴がいたら、すぐに自身番に報せてくれ。頼むぜ――」

三

昼寝のつもりだったが、松平竜之介が目を覚ました時には、すでに夜更けであった。

浅草阿部川町の家を出て、近所の一膳飯屋で夕食を摂った竜之介の足は、神田銀町に向かっていた。

何となく、お咲のことが気になるし、お槙に西比利亜(シベリア)狼(おおかみ)と安吉少年のことも話しておきたい――そんな風に考えながら、竜之介は、蔵前通りを浅草瓦町までやって来た。

昼間の熱気が残る路上には、他に人影はない。

「あ」

角を曲がってきた者が、出会い頭に竜之介を見て驚きの声を上げる。

「竜之介様、竜之介様じゃありませんか」

駆け寄って来たのは、韋駄天のお槙であった。

「お槙であったか、奇遇だな」

竜之介は笑いかける。

「今から、そなたの家へ行こうとしていたところだ」

「え、何か御用でございましたか」

相手の笑顔を眩(まぶ)しそうに見て、お槙は訊く。

「そなたの耳に入れておきたい話もあるが……まず、傷の具合が気になってな。楼内(ろうない)先生には、若い女人(にょにん)だから、肌に傷痕(きずあと)の残らないようにしてほしいと頼んだのだが」

「ご心配をいただきまして、恐縮です」

　お槙は、右手で左腕に触れて、

「一日中、探索してまわりましたが、お蔭様で、痛みも大したことはございません」

「うむ、それは重畳。無理はせぬようにな」

「はい」嬉しそうに、お槙は頷く。

「実は、わたくしも、竜之介様のところへお伺いする途中でした」

「ほう、何かな」

「それは……あ、あの……」

　まさか、竜之介様は立派な魔羅をお持ちだそうですね――と訊くわけにも行かず、お槙は困惑した。

　突然、どんっという音がした。

「？」

　二人が、音のした方を見る。それは、〈橘屋〉という小間物屋の大戸であった。

　大戸の内側に、何か大きなもの――たとえば、人間の軀がぶつかったような音である。

そして、大戸の内側で、押し殺したような低い話し声がした。

「……………」

竜之介とお槙は、顔を見合わせた。二人とも、厳しい表情になっている。

無言で小さく頷き合うと、二人は足音を忍ばせて、橋屋の大戸に近づいた。

大戸の潜り戸に、お槙が手を掛けてみると、それは動いた。

竜之介は、潜り戸の正面に位置して、身を屈める。そして、お槙に向かって、頷きかけた。

お槙は一呼吸置いてから、さっと潜り戸を開く。

竜之介は、矢玉のような勢いで、店の中へ飛びこんだ。

「あっ」

「おっ」

店の土間と売場にいた二人の男が、竜之介を見て驚く。

二人とも黒装束で、顔も黒い覆面で隠し、長脇差を手にしていた。

そして、土間には、血まみれになった初老の男が倒れている。この店の番頭のように見えた。

押しこみ強盗が、潜り戸から外へ逃げだそうとした番頭を斬ったのだ――と一瞬で状況を読みとった竜之介は、飛びこんだ勢いのまま、売場に駆け上がった。

駆け上がりながら抜刀して、売場に立っていた奴を叩き斬る。

「おあっ」

そいつが血を振り撒いて土間へ転げ落ちるよりも早く、竜之介は振り向いて、
土間の男に向かって跳躍していた。

「げっ」

長脇差で受け止める暇も与えずに、袈裟懸けに斬り倒す。

そこへ、お槙も十手を構えて、飛びこんで来た。

「おい、どうした」

奥から、大柄な黒装束が姿を見せた。

が、竜之介とお槙を見て、急いで引っこんだ。奥で、「みんな、退けっ」と叫
ぶ声がする。

竜之介は、奥へ駆けこんだ。

が、その時には、盗賊一味は襖を蹴倒しながら、勝手口の方へ逃げていた。

座敷に、縛られた主人夫婦と奉公人たちが、転がっている。

「お槙、頼んだぞっ」

彼らのことをお槙に任せると、竜之介は台所を抜けて、勝手口から外へ出る。

盗賊たちは、裏木戸から路地へ出たようであった。

「――――」

竜之介は、裏木戸の向こうの気配を探ってから、路地へ飛び出す。

「えぇいっ」

裏木戸の脇にいた奴が、斬りかかって来た。

が、竜之介は、その長脇差を払い上げると、瞬時に刃を返して、相手を斬り倒す。

路地の西側に、五人の盗賊がいた。全員が、黒装束である。

頭分は、さっきの大柄な男であった。

「おい、先にゆけ」

そいつは、右側にいる痩せた男に向かって、

「最後の赤地蔵だけは、何としても持ち帰らねばならん」

「はっ」

その痩せた男は、こちらに背中を向けて、駆け出そうとした。

が、竜之介は咄嗟に、左手で脇差を逆抜きにすると、投げつける。

「ぎゃっ」

背中の真ん中を脇差で刺し貫かれた男は、斜めに倒れた。

周囲の男たちは、反射的に、さっと身を引いてしまう。

その隙に、竜之介は一足飛びに、倒れた男に駆け寄った。

男の懐に手を入れると、白い絹布で包んだものを取り出す。

「あ、それを取られてはっ」

大柄な男が、長脇差で斬りかかった。

が、竜之介の右手の大刀が一閃すると、異様な金属音が響いた。長脇差の刀身が根元から折られて、吹っ飛ぶ。

「ぬうっ」

柄だけなった長脇差を、大柄な男は捨てた。

そして、一間ほど後退すると、ぴゅーっと指笛を吹く。

「やはり――その方は、昨夜の山伏であったか」

布包みを懐に入れて、竜之介が言った。

「軀つきと声で、そうではないかと思っていたが」

「ふ、ふ、ふ」

大柄な男――曹源は嗤って、

「ならば、松浦竜之介。今の指笛の意味も、わかっていような」

その言葉の終わらぬうちに、右側の塀の上に、巨大な獣が姿を見せた。

例の西比利亜狼であった。

その巨狼は、音もなく地面に降り立つ。

竜之介の前に、立ちはだかる位置であった。

「この太郎丸には、刀は利かぬ。太い体毛で刃が滑って、流れてしまうのだ。鉄砲の玉ですら、弾くほどだからな」

得意げに、曹源は言った。

「さあ、太郎丸。そいつの喉笛を、噛み千切ってしまえ」

太郎丸と呼ばれた巨狼は、両眼を光らせて、低く唸った。

「む……」

竜之介は、大刀を八双に構える。

たしかに、野生の肉食獣を刀で斬るのは難しい。

しかも、相手は、苛酷な豪雪地帯で生き延びるために、濃密な体毛を備えている西比利亜狼と思われるのだ。

脇差で牽制する――という手もある。

だが、竜之介の脇差は、倒れている男の背中を貫いていた。今となっては、それを抜き取る余裕もない。

西比利亜狼の太郎丸が一歩、前へ出た。

竜之介も一歩、後ろへ退がった。

しかし、剣術において、真後ろへ退がることは、悪手である。躓いて、態勢を崩す怖れが高いからだ。

その瞬間に巨狼に飛びかかられたら、まず、助からない。

(いや――わしは剣術者だ。退いて敗れるよりも、打って出るべきだ)

そう考えた竜之介は、逆に、一歩前に出た。

巨狼の唸り声が、さらに大きくなる。

人と獣物の互いの闘気が高まって、激突する――と思われた瞬間、

「っ？」

その場の全員が、驚愕した。

ぴゅーるるる……という優しげな指笛の音が、路地に響き渡ったからだ。

太郎丸も、戸惑ったように周囲を見まわした。

「あれは……」

曹源も動揺して、音のする方を探る。

「――太郎や」

路地の東の奥から、呼びかける子供の声がした。安吉少年の声であった。

「おいらだ、迎えに来たよ」

すると、太郎丸は、竜之介の脇を駆け抜けて、安吉の声の方へ疾走する。

「あ、馬鹿めっ」

曹源はあわてて、指笛を鳴らした。しかし、巨狼の太郎丸は振り向きもせず、姿を消した。

「ぬぬ……退けっ」

曹源と四人の男たちは、見事な速さで逃げ去った。

「――」

竜之介は、ようやく構えを解いた。掌（てのひら）が、じっとりと汗で濡れている。

もしも、巨狼に襲いかかられたら、倒せたかどうか、自信はない。

（やはり、あの安吉は巨狼と関わりがあったのだな…）

納刀しながら、そう考える。

どうやら、安吉に懐（なつ）いていた巨狼の太郎丸を、山伏の大男が横取りして使役していたのではあるまいか。

（そして、あの者たちが命賭けで奪い取ろうとしたのは――）

竜之介は、懐から絹布の包みを取り出した。

開いて見ると、高さ三寸ほどの素朴な地蔵像の焼物である。

常夜燈の明かりで見る地蔵は、赤黒い色をしていた。仏像にしては、不気味な色であった。

（最後の赤地蔵と呼んでいたが、一体、どういう意味か）

裏木戸の方から、「竜之介様、御無事ですか」と言いながら、お槙が駆け寄って来る足音がした。

四

「あの化物みたいにでっかい狼（おおかみ）が、子供の声に呼ばれて、仔犬みたいに嬉しそうに駆け寄って行きましたか……へえ」

韋駄天のお槙は、首を捻（ひね）った。

「つまり、西比利亜狼の太郎丸は、安吉という子の飼い犬…じゃなかった、飼い狼だったんでしょうか」

「おそらくは、そうだろう」

松平竜之介は頷く。

「それがどういうわけか、あの羅切魔一味の山伏に、指笛で操られていたのだな」

「すると、安吉は、一味に奪われた太郎丸を取り戻すために江戸へ出て来て、路銀（ろぎん）が尽きたところを竜之介様に助けられた……で、弟子田楼内先生のところで粥を食べさせて貰ってから、竜之介様と楼内先生の話を聞いて、本所の美濃屋の方へ太郎丸を捜しに行ったんでしょうね」

――竜之介は、楼内の家へ行く途中に、なるべく細かい金を合わせて一両を安吉に与えている。

これは施（ほどこ）しではない、出世貸しだ、そなたが大きくなってから返してくれれば良い――と竜之介は言ったのであった……。

「――だから、太郎丸を取り戻した以上、安吉は故郷へ帰ったのではないかな。それが何処（いずこ）かは、わからぬが」

深夜、浅草阿部川町にあるお新の家――その居間に、竜之介とお槙はいた。二人きりであった。

あれから――竜之介が斬り捨てた四人の黒装束の男たちを調べたが、身許の手がかりになるようなものは、何も所持していなかった。

ただ、四人とも非常に引き締まった肉体の持ち主で、手足の皮が異様に厚いことは、共通していた。

つまり、四人は荒行を積んだ山伏なのであろう。

橘屋の主人・聡兵衛（そうべえ）の話では、いきなり押しこんできた八人組の盗賊に、聡兵衛夫婦も奉公人たちも縛（しば）り上げられてしまった。

そして、盗賊たちが最初にしたことは――床の間に置かれた小さな地蔵堂から、恭（うやうや）しく赤地蔵を取り出すことであったという。

「あいつらは、それを大事そうに絹の布で包むと懐（ふところ）にしまい、それから、金の在処（ありか）を訊いたのでございます」

つまり、盗賊一味が押し入った第一の目的は赤地蔵であり、金を奪うのは二番目の目的だったということである。

「番頭の佐吉だけが縛られた縄が緩かったらしく、そっと抜け出して助けを呼びに行こうとして……可哀相なことをしました」

盗賊に斬り殺された番頭のことを話すと、四十がらみの聡兵衛は声を詰まらせるのであった。

「お侍様。佐吉の仇討ちをしてくださいましたそうで、まことに、有難うございます」

両手をついて、聡兵衛は礼を言う。

「これで、佐吉も穏やかに冥土へ旅立てることでございましょう」

「うむ、気の毒なことであったな」

竜之介は頷いてから、

「ところで、地蔵堂を床の間に置くというのは、些か珍しいが」

「それでございます――」

聡兵衛は、赤地蔵の謂れを語り出した。

若い時は小間物の担ぎ商いをやっていた聡兵衛であったが、なかなか上手く行かなかった。

ある時、心も軀も疲れ果てて、古道具屋の軒先で休んでいると、売り物の地蔵像に目がいった。

色こそ赤黒く、ちょっと気味が悪かったが、何とも素朴で優しい顔立ちに惹かれて、聡兵衛は飽かずに眺めていた。

その様子を、店の奥から見ていた主人が、抜け目なく軒先まで出て来て、

「如何です、このお地蔵様、安くしておきますよ。大負けに負けて、五百文で」

その時の聡兵衛の懐事情で五百文は痛かったが、どうにも気になって、結局、地蔵像を買い求めた。

「ところが、お武家様。翌日から、急に商売が上手く行くようになりまして。これは赤地蔵様の御利益に違いないと思い、大切にお祀りしました。おかげで、このような店も持てるようになったという次第で」

商家が地蔵を祀る時は、庭に地蔵堂を建てたり、簡単な覆いのある台に置くのが、普通だ。

しかし、聡兵衛は、大切な赤地蔵様を屋外に置くなどとんでもない――と、わざわざ、床の間に置く小さな地蔵堂を、細工師に作ってもらったのである。

自分や女房のお松だけではなく、奉公人一同にも、朝晩、赤地蔵を拝ませていたのであった……。

「五百文で買った地蔵像を、八人組の盗賊が盗りにくるというのも、妙な話だ

が」

「うちにとっては大事な赤地蔵様ですが、他人が狙って盗みに来るというのは、わたくしにも不可解で」

「橘屋さん、その赤地蔵を買った店は覚えているかね」

脇から、お槙が訊く。

「はい。十九年も前のことですから、まだ、その店があるかどうか、わかりませんが……たしか小石川の――」

聡兵衛が、その古道具屋の場所を説明すると、竜之介が、

「それで、橘屋。ひとつ、頼みがある」

「大恩あるお武家様が望まれることでしたら、この橘屋、否(いな)は申しません。いかほど、御入り用でございましょうか」

「いや、金の無心ではない」

竜之介は苦笑した。

「この赤地蔵を、しばらくの間、わしに預からせてくれんか」

「赤地蔵様を……?」

聡兵衛は、不思議そうな顔つきになる。

「そして、近所の者や知り合いに、悪い奴に狙われている赤地蔵は気味が悪くなったので、厄介払いに松浦竜之介という浪人にくれてやった――と触れまわるのだ」

「はあ……」

「さすれば、盗賊一味は、二度とこの橋屋に押し入ることはなく、赤地蔵を所持しているわしを狙うであろう。それが、こちらの付け目だ」

「しかし、それでは、お武家様が危険な目に遭われるのでは」

ようやく、聡兵衛は竜之介の意図が呑みこめて、驚いた。

「ははは、案ずるな。商人は商いで利を得るのが当然、二刀を手挟んだ武士は剣難に遭うのが当然だ」

莞爾（かんじ）として笑う松平竜之介――眩（まぶ）しいような漢（おとこ）ぶりである。

「そこまで、わたくしどもの身の安全を考えてくださるとは――」

聡兵衛は感動して両手を突き、額を畳に擦りつけんばかりに頭を下げた。

「その赤地蔵様、たしかに松浦様にお預けいたしました。如何様（いかよう）にも、お好きなようになさってくださいまし」

それから、「今の世に、松浦様のような方がいらっしゃるとは」と橋屋聡兵衛は深く感じ入っていた……。

　こうして――今、赤地蔵は、竜之介とお槙の前にあるのだった。

「実は、竜之介様」お槙は言った。

「大店が押しこみ強盗に皆殺しにあう事件が、先月末から今月にかけて、御府内で三件起きております」

「ふうむ……」

「盗賊の山伏は、最後の赤地蔵――と言ったのですね」

「つまり、その三軒の富商の家にも、赤地蔵があった――と、そなたは思うのだな」

　竜之介の目が、鋭く光った。

「はい」お槙は頷く。

「調べれば、すぐにわかると思いますが」

「おそらく、そなたの読み通りだろう」

「すると、赤地蔵は全部で四体……」

　お槙は、絹布ごと赤地蔵を手にして、

「素人が手慰みに作ったような、こんな素朴な赤地蔵に、四軒の商家の者を皆殺しにしてでも手に入れるような価値が、本当にあるんでしょうか」

「まともな価値ではあるまい」

　厳しい口調で、竜之介は断言した。

「好事家が、金に飽かせて希少な名品を集めるのとは、訳が違う。数十人の命を奪っても欲するのは、大金の隠し場所とか、その類(たぐい)のものであろう」

「そうか」お槙は頷いて、

「昔の大泥棒が、金の隠し場所を書いたものを、この赤地蔵の中に埋めこんでいるのかも知れませんね」

　そう言って、地蔵像を上から下から眺める。

「試しに、割ってみますか」

「これこれ、乱暴なことを言ってはいかん」

　竜之介は苦笑した。

「それは、橘屋からの大切な預かりものだ。事情がわかるまでは、大事に扱わねばな」

「へい、すいません」

　お槙は、ぺこりと頭を下げた。

「どうも、小さい頃から、女のくせにがさつなもんで」

「そうでもあるまい」と竜之介。

「番頭の亡骸(なきがら)を夜具に寝かせた時に、襟元(えりもと)を直してやった気遣いは、まことに女らしいものであった」

「あれを、ご覧になっていたので……」

お槙は赤くなって、下を向いた。嬉しさと羞かしさが、ごっちゃになっている。

「ええと…それで、竜之介様。羅切魔一味の目的は、一体、何でございましょうか」

急いで話題を切り替える、お槙であった。

「うむ、それだ」

竜之介は腕組みをして、

「若い男の立派な逸物を切り落とすこと、多くの者を殺して四体の赤地蔵を集めること――この二つの事件に、どのような繫がりがあるのか」

「理屈も理由もない、気触れ者の仕業(しわざ)のようにも、思えますね」

「まあ、その手口からして、奴らが正気でないことは確かだろうが……」

嫌悪感で、眉をひそめる竜之介だ。

「羅切魔には羅切魔なりの、何か筋の通った理由があると思う。それが、どんな狂った理由であっても」

「二つの事件に共通することと言ったら……」

お槙は、改めて赤地蔵を眺める。

「血、でしょうか」

「血……？」

「あ、いえ、ただのでまかせです」

あわてて、お槙は弁解する。

「男のものを切り落とされて流れるのは、夥しい血……この赤地蔵も、何だか古い血のような色合いなもんで」

「血の色、か」

竜之介は、お槙から赤地蔵を受け取った。

難しい顔つきで、じっくりと小さな地蔵像を眺めて、

「なるほど。たしかに、内部から血が滲み出したようにも見えるな」

「人間の血を土に混ぜて、焼いたんでしょうか」

「だとすると――そんな邪なものが、商家に福をもたらすというのも、辻褄の合

わぬことだが」

「そう言えば、そうですね」

幾ら考えても、謎は増すばかりである。

「――忘れておった」

竜之介は、赤地蔵を絹布で包んで、畳の上に置いてから、

「お槙。わしに何か用事があったのではないか」

「あっ」

思わず、お槙は、両手で顔を覆ってしまった。耳まで真っ赤になっている。

第四章　十手美女、哭く

一

韋駄天のお槙の様子を見ていた松平竜之介は、すっと立ち上がった。そして、無言で座敷を出ていく。

「あ……」

お槙は、腰を浮かせた。

自分の態度に、竜之介が気を悪くしたのではないか——と思って、どうしたら良いのか、わからなくなる。

が、すぐに、竜之介は戻って来た。

その手には、銚子と二つの猪口を載せた盆がある。

にっこりと笑った竜之介は、お槙の前に座って、盆を畳の上に置いた。

「酒というものは、言いにくいことを言わせる効き目があるようだ。さあ——まずは一献」

「は、はい……」

酒はあまり飲めないお槙であったが、この時ばかりは、天の助けであった。

猪口を両手で掲げるようにして、竜之介の酌を受ける。

そして、猪口を呷(あお)って、冷や酒を一気に喉の奥へ放りこんだ。

すぐに、胃の腑(ふ)が、かっと熱くなる。

「実は、竜之介様……恵比寿湯の五郎八(ごろはち)という三助に会いまして」

酔いの力を借りて、お槙は話し出した。

「ああ、五郎八か。しばらく姿を見ないが、達者でおったかな」

「ええ。あの野郎、口が達者すぎて傍(はた)迷惑なくらいで…いや、それはいいんですが……ええと、羅切魔は、どうやって獲物を見つけていたのか——と思いまして」

お槙は、急激に酔いがまわったような気がする。

「つまり、男の道具の立派な若者を、どのように知ったのか——ということだな。なるほど、それはたしかに不思議である」

竜之介は少し考えて、

「それで、羅切魔一味の者が、湯屋の三助から聞きだしていたと考えたのだな。そなた、良いところに目をつけたものだ」

「三助だけではなく、吉原の面番所に詰めている隠密廻りの旦那にも、遊廓で聞きこみをして貰ってますし……下っ引たちが、江戸中の岡場所を虱潰しに当たってるはずです」

「うむ」竜之介は頷いてから、

「わかった。五郎八は、わしの道具について、そなたに話をしたのだな」

「はい……」

俯いたお槙の声は、消え入りそうであった。

「立派かどうかというなら、まあ、立派な方かも知れぬ」

控えめに肯定する、竜之介だ。

今までに愛姦した女たちの賞賛の声からすれば、立派すぎるほど立派な巨根なのだが……。

「そいつは、どうでございましょう」

何と、絡むように言うお槙だ。

「ん？」

「御用聞き、岡っ引というのは、相手の話を鵜呑みにせずに、まず、疑ってかかるのが商売でしてね」

「左様か」竜之介は微笑する。

「すると、韋駄天の親分としては、実際に見分せねば信用できかねる――というわけだな」

「平たく申し上げると、そうなります」

自分は何を言っているのか――と内心は戸惑いながらも、酔いのためか、つい、口から言葉が出てしまう、お槙であった。

「宜しい。では、見分して貰おう」

正座していた竜之介は、胡座をかいた。

「そこでは、いかにも遠い。ここへ来るように」

「へ、へい……」

お槙は、竜之介の右膝の脇に、神妙に座る。

「さあ、存分に調べてくれ」

竜之介は、若竹色の小袖と肌襦袢の前を開いて、白い下帯に包まれた股間を見せた。

「それじゃあ……失礼いたします」

お槙は、恐る恐る両手を伸ばした。心の臓が、どきどきしている。

そして、お槙は、下帯の脇から、そっと黒ずんだ男根を摑み出した。

「まあ……」

まだ、大人の男根はまともに見たことのないお槙だが、竜之介のそれが並以上のサイズであるらしいことは、わかった。

平均的な男性のそれの勃起時と、同じくらいの大きさなのである。

「でも……柔らかいんですね。豆腐みたい」

大きさを調べるはずが、いつの間にか、男根そのものの観察になっているお槙だ。

「こんなに柔らかくて、あ、あの…男女のあれが、出来るんですか」

「それはな。いざという時は、硬くなるのだ」

お槙の無知を笑ったりせず、竜之介は、優しく教えてやる。

「硬くなって、女人の大事なところに収まり、無事に男女和合となる」

「見分ですから、硬くなったところを見せてください」

「では、そなたの手で擦ってみてくれ」

「ええと……こうですか」

昼寝をしている最中の大蛇のようなそれを、お槙は、両手で扱いた。

処女の愛撫によって、竜之介の男根は、たちまち、その正体を露わにした。

「巨きい…巨きくなった……」

お槙は、唖然とした。

長さも太さも、先ほどの倍以上になっている。しかも、雄々しく黒光りし、そそり立っているのだ。

「こんなに硬いなんて……信じられない」

そう言いながら、思わず、茎部に頬ずりをしてしまう、お槙である。

「お槙、我がものに奉仕してくれるか」

「は、はい……竜之介様のためなら、何でもいたします」

「では、舐めて、しゃぶってくれ」

「舐めるのですね……」

瞳に霞がかかったようになったお槙は、巨根の先端に唇をつけた。

そして、丸々と膨れ上がった玉冠部を、舌先で舐めまわす。

「美味(おい)しい……竜之介様の魔羅は、美味しいです……」

譫言(うわごと)のように呟きながら、お槙は、夢中で男根をしゃぶった。

生まれて初めての口淫奉仕で、拙(つたな)い動きであったが、本物の愛情がこもっている。

本所で命を救われた時から、この女御用聞きは、松平竜之介を愛してしまったのだ。

「おぐ……んんぅ……」

大きく口を開いて、お槙は、巨根を呑んだ。

口中で舌を動かして、男根を愛撫する。

「お槙、精を放つぞ。飲んでくれ」

「ん……」

巨根を咥えたまま、お槙は頷いた。

生娘ではあるが、男が道具の先端から子種を射出する——という知識は、年上の女たちから教えられている。

竜之介は、濃厚な聖液を吐出した。

白濁した溶岩流が、お槙の喉の奥を直撃する。

女御用聞きは夢中で、その大量の聖液を嚥下した。

射精が終わっても、無意識に、ちゅうちゅうと男根内部に残留した聖液を吸い取る。

それから、顔を上げて、

「竜之介様……槙は、飲み干しました」

「よしよし」

己れの放ったもののにおいも気にせずに、竜之介は、お槙の口を吸った。

舌を絡めると、お槙は、情熱的に男の舌を吸う。

それから、竜之介は、お槙の軀を畳の上に横たえた。彼女の瞳を覗きこんで、

「お槙、そなたの大事なものを貰うぞ」

「はい……あたしの操を、竜之介様に差し上げます」

幸せそうに、お槙は言った。

この家へ上がった時から、お槙は心の奥では、こうなることを期待していたのかも知れない……。

竜之介は、彼女の帯を解いて、着物を脱がせる。

胸に巻いた白い晒し布を、解いた。

乳房は小ぶりで、乳輪は蜜柑色をしている。

竜之介は、唇と舌と手で、左右の乳房を愛撫した。たちまち、乳頭が硬く尖る。

その乳頭を舌先で舐めながら、竜之介は、白い木股を脱がせた。

二十歳の局部が、剝き出しになる。

無毛であった。

亀裂から、桃色の花弁が顔を覗かせている。

竜之介は、その花園に唇を寄せた。

そこに宿っている透明な秘蜜を、わざと音を立てて啜りとる。

「あぁっ」

お槙は、あまりの快感に、腰が上下に跳ねるのを抑えることが出来なかった。

が、竜之介の舌先は、さらに処女の花孔を舐めまわす。

生まれて初めて女性器を舐められる悦びに、お槙は短い叫びを発しながら、顔を左右に振った。

桃色の花園が愛液の洪水になると、竜之介は、下帯を取り去った。

吐精した直後であるのに、隆々と屹立した巨根を、濡れそぼった亀裂にあてがう。

そして、処女の聖地を一気に貫いた。

「――――アァァっ‼」

お槙は悲鳴を上げる。

しかし、その時には、長大な巨根の三分の二ほどが、彼女の肉体に埋没を果たしていた。

「お槙、破華は済んだぞ」

腰の動きを止めて、竜之介が囁きかける。

お槙は、そっと目を開けると、

「あたし……女になったんですか」

「うむ。辛い思いをさせたな」

その労りの言葉に、お槙は、目頭が熱くなった。

「竜之介様っ」

お槙は、男の首に縋りついた。

「痛くても、いいの！　もっと犯して、竜之介様の立派なもので！」

二

「――どうも、何でも先生のところへ持ちこむようで、恐縮なのですが」

「ははは」

慈姑頭の弟子田楼内は、快活に笑って、

「折良く患者もいないから、拝見しよう。今度は、何ですかな」

「これです」

松平竜之介は、絹布に包まれた赤地蔵を、楼内の前に置いた。

翌日の午後――本所横網町の楼内の家、その居間である。

――あれから、竜之介は夜明けまで、お槙と様々な態位で愛姦したのだ。

お槙の口の中に一度、その女壺に三度、濃厚な聖液を放っている。

すでに女として肉体が成熟していたお槙は、二度目の行為から悦楽に悶えて、哭き狂った。

三度目には、自分から臀を蠢かして巨根を咥えこむほどの積極性を示したのだ。

それから泥のように眠りこんだので、二人は正午前に、ようやく目覚めたのである……。

楼内は絹布を開いて、赤地蔵を手にとった。

「ふうむ……」

白髪の老医師の顔が、にわかに引き締まった。しばらくの間、地蔵像を様々な角度から眺めていたが、

「竜之介殿。まだ謂(いわ)れは聞いておらぬが、これは不吉なものだな。見た途端に、そう感じた」

「不吉ですか……商家の守り本尊だったものですが」

竜之介は、橘屋(たちばなや)の件を詳しく説明した。

「なるほど。羅切魔一味は、赤地蔵集めもしていたわけか……竜之介殿、揚げ足をとるようですがな」

楼内は難しい表情で、

「いかに商家を繁盛させようとも、結局は一家皆殺しの目に遭ったのであれば、やはり不吉な像と言うべきではなかろうか」

「そう言われてみると、そうですな」

「もしも――昨夜、その場に竜之介殿がいなければ、やはり、橘屋の主人夫婦も

奉公人も皆殺しになっていただろうし」

「確かに」竜之介は頷いて、

「で、この地蔵像の正体は何でしょう」

「わからんが……どこかで、これと似たものを見た覚えがあるのだが。どこであったかなあ」

　楼内は、右の拳で自分の額を、こんこんと軽く叩く。

「いかんな。物覚えが悪くなって来た……さすがに、わしも長く生きすぎたかも知れぬ」

　百歳を越えているかも知れぬ老医師は、嘆息した。

「しかし、頼りにしている多くの患者のために、楼内先生には、もっと長生きしていただかないと」

「竜之介殿は、煽(おだ)てるのが上手だ」

「いえ、本心です」

「ははは。まあ、いい。その煽てに、今日は乗っておこう」

　楼内は表情を和(やわ)らげて、

「ところで、これをしばらく預かっても宜(よろ)しいか。うちの書物と、照らし合わせてみたい」

「いえ、その儀ばかりは」

竜之介は、詫びるように頭を下げた。

「おや、駄目かね」

「羅切魔一味が、数十人の命を奪っても手に入れようとしている代物です。こちらに預ければ、先生たちの身が危険になりますので」

「しかし……」

丸眼鏡の奥から、楼内は竜之介を見つめる。

「竜之介殿が所持していれば、やはり、一味に命を狙われるだろう」

「わしは剣術者ですから、剣難には慣れております」

「いや、剣難だけではないな」

「はあ？」

楼内は、にやりと笑って、

「竜之介殿は、女難にも慣れている。いや、女難でなく、女福というべきかな。諺風に言えば、剣難女福は糾える縄の如し――というところじゃ」

「どうも、口では先生に叶いません」

二人は、明るく大笑した。

そこへ、下男の音松が新しい茶を運んで来る。

「松浦様。あの子は、もう、江戸にはいないのでしょうか」

湯呑みを新しいものに替えながら、音松が訊いた。

「安吉か――」と竜之介。

「そうだな。狼と一緒に、どこかの故郷へ帰ったのではないかな」

「そうですかあ。埃まみれだったから、湯屋に連れて行ってやりたかったのですが」

音松は落胆する。

「懸命に味噌粥を食べている姿を見ていたら、何だか、親戚の子が遊びに来たような気分になりまして」

「それは、わかるような気がする」

竜之介も安吉を抱え上げた時に、自分に息子が出来れば、こんな風であろうか――と思ったのだ。

次男の信太郎に鳳藩主の座を譲って、今は隠居の身の父の竜信も、「そなたは三人も妻がいるのだから、早く孫の顔を見せろ」と、しきりに催促して来る。

「そういえば、あの子は首に懸守を下げてましたね」

「ああ。そうだった」

竜之介も、少年の胸元に懸守の紐があるのは、見ていた。

「お前、それはどこの御守りだね――と訊いたら、大口様だと言ってました。大口様って、どこの神社でしょうか」

「それは、大嶽神社だな」

弟子田楼内が、即座に言った。

「日本橋から数里、拝島のずっと西の方に、大嶽山がある。その大嶽山にあるのが、大嶽神社。大国主命や広国押武金日天皇、家康公などの神様を祀っておる」

高さ千二百六十六メートルの大嶽山の頂上にあるのが、大嶽神社だ。

祭神は大国主命・少彦名命・日本武尊・広国押武金日天皇・源家康朝臣の五柱である。

「つまり、大嶽神社が大口様でございますか」

「いや、広国押武金日天皇は金剛蔵王権現と同体なのだが、その蔵王権現の眷属が、大口真神でな。大口真神とは、すなわち、狼のことじゃ」

すらすらと立て板に水で説明する、博識な楼内であった。

「たしか、大嶽神社の御札には、〈大嶽大口真神〉と書かれて、狼の画が描かれていたはずだ」

「すると、先生」竜之介は言う。

「大口真神の懸守をしていた安吉は、大嶽神社の氏子で、大嶽山の付近に住んでいるのかも知れませんな」

「うむ。西比利亜(シベリア)狼の太郎丸も、大嶽山の山中に棲んでいたのかも知れぬ……」

「羅切魔の一味も、大嶽山に関わりがあるのでしょうか」

「いや、どうであろう」

　楼内は首を傾(かし)げた。

「たしか、土御門帝(つちみかどてい)の頃に、魔羅を切断する刑罰があったが、蔵王権現とは何の関わりもない。唐土(もろこし)では、宦官(かんがん)といって、大奥に仕える役人は、密通できぬように自ら魔羅を切り落とすそうだがな。しかし、刑罰や僧侶が煩悩を断つ以外の目的で魔羅を切断する例は、日(ひ)の本(もと)では聞いたことがないなあ」

「先生がご存じなければ、誰に訊いてもわかりませんな」

　竜之介はそう言いながら、赤地蔵を懐(ふところ)にしまった。

「また、そうやって煽てる」楼内は笑って、

「音松。酒肴を用意してくれ。褒められたお礼に、竜之介殿に一献差し上げよう。お前も、お相伴するがいい。なに、患者が来ても、かまうものかい」

三

夜具に俯せに横たわっているのは、四十二、三の脂がのった大年増である。肉置きが豊かで、凄いほどの色香が漂っていた。

下裳一枚の半裸である。その背には、白虎の見事な刺青が彫られていた。

この女の名は、お永という。〈白虎のお永〉というのが、渡世名であった。

陰気な顔つきをした小男が、お永の熟れ切った女体に揉み療治を施していた。善平という名だ。

「おや。三人とも、今日は夕方になってからのお出ましかい。ずいぶんと、のんびりしてるんだねえ」

廊下に並んだ三人の男たちを見て、お永は、ねっとりした口調で言った。

「へい――」

紋七は申し訳なさそうに、頭を下げる。仙太と辰も、それに習った。

そこは――本郷の菊坂町にある口入れ稼業の〈久門屋(くもんや)〉の奥、その寝間である。

口入れ屋とは、中間(ちゅうげん)や徒士(かち)を旗本屋敷や大名屋敷に派遣する稼業だ。

が、久門屋は同時に、江戸の暗黒街で〈黒雲(くろくも)一家〉として知られる、やくざでもあった。

そして、先代の黒雲の重吉(じゅうきち)が五年前に病死してから、重吉の女房のお永が、女主人として采配を振るっている。

つまり、お永は、久門屋の女主人であるとともに、黒雲一家の女親分でもあるのだった……。

「紋七。鼻声だけど、夏風邪でもひいたのかい」

「え……」

お永は、皮肉っぽい笑みを浮かべて、

「おかしいね。夏風邪は、何とかしかひかないはずだけど」

「………」

力士くずれの紋七は、極まり悪そうに顔を伏せる。

「仙太」

「へ、へえ」

「ずいぶん、男っぷりが上がってるじゃないか。その顔の晒し布は、何のおまじないだい」

「こいつは……」

松平竜之介の鉄拳で鼻柱を潰された仙太は、顔に白い晒し布を巻いているのだった。

「辰、辰公」

「へい」

辰はお辞儀する。

「お前の右手に巻いた晒し布は、腕守り(うでまもり)にしちゃ大袈裟だが、どういうつもりか、教えておくれよ」

「……」

竜之介の手刀で打たれて、手首の骨に罅(ひび)の入った辰は、何も言えない。

「おや――三人とも、だんまりの行(ぎょう)かい」

お永は、気怠(けだる)げに軀(からだ)を起こした。見事な乳房だ。

小男が、その肩に肌襦袢(はだじゅばん)をかける。そして、煙草盆を差し出した。

お永は、銀煙管(ぎんきせる)に煙草を詰めながら、

「お前たち三人は昨日、どっかの三一に新シ橋から神田川に叩きこまれた——そのことが、あたしの耳に入らないとでも、思っているのかね。白虎のお永も、ずいぶんと乾分どもに舐められたものだ」

「親分を舐めるだなんて、そんな……」

「つい、決まりが悪くて」

「勘弁してくだせえっ」

紋七、仙太、辰の三人は、敷居に額を擦りつけるようにして、詫びる。

「ふん……」

お永は煙草を吹かせて、三人を眺めた。

「と、とにかく、その松浦竜之介って浪人野郎は、ひどく腕が立つ奴でして」

紋七が必死で、言い訳をする。

「兄貴の言う通りなんです。夕べも、瓦町の橋屋に押し入った盗人を、松浦って野郎が四人も叩き斬って、相手は何も盗らずに逃げたそうですから」

辰も、左手で人を斬る真似をしながら、言った。

「ああ、橋屋で大立ち回りをした浪人がいるというのは、そいつのことかい」

お永は軽く頷いた。

「ええ。その盗人一味は、橘屋の守り本尊の赤い地蔵を盗みに来たという、変わった奴らでして」

仙太も、不明瞭な声で言った。

「橘屋は気味が悪いんで、その赤地蔵とかを松浦浪人に預けたそうですよ」

橘屋聡兵衛は、竜之介に指示された通りに、赤地蔵の件を周囲に触れまわったのである。

「赤地蔵……」

お永は眉をひそめた。男のように大胡座をかくと、煙の行方を目で追いながら、

「赤地蔵ねえ……ふうん……」

肩に肌襦袢を羽織っていても、豊かな乳房の半分は見えているし、今は下腹部の大事なところも見えそうであった。

乾分の紋七たちは、目のやり場に困る。

「その盗人どもは、赤地蔵を盗んで、どうしようというんだろう――」

自分自身に問いかけるように、お永は呟いた。

「それが、親分」

お永の機嫌が直ったようなので、仙太は、張り切って話を続ける。

「ここ半月ばかりの間に、三軒の大店が盗人に押し入られて、皆殺しになってるんですが、どの家にも赤地蔵があったというんですね」

「……」

「つまり、赤地蔵は全部で四体です。だから、四体集めると、何か値打ちが出るんじゃないでしょうか。たとえば、お宝の在処がわかる、とか……」

「宝の在処……なるほど」

灰吹きの縁に、お永は、煙管の雁首を軽く叩きつけて、

「善平。こいつは少しばかり、面白いことになりそうだね」

妖艶な笑みを浮かべて、お永は小男にそう言った。

「へい」

善平は無表情のまま、頭を下げる。

第五章　聖炎教団

一

弟子田楼内の家を出て、微醺を帯びた松平竜之介が両国橋を渡ったのは、戌の中刻――午後九時過ぎであった。

この時間になると、西広小路の掛け茶屋なども閉まっているし、人通りもない。

（一本でやめるつもりが……どうも、酒というのは魔物だな）

竜之介は、胸の中で苦笑する。

（お槙の奴が、赤地蔵の件で報告に来ているかも知れん。早く、家へ帰ろう）

広小路を通り抜けた竜之介が、浅草橋の方へ足を進めた時、

「――おい」

押し殺した声が、聞こえてきた。

「人が来ると面倒だ、早く止どめを刺せ」

それを耳にするや、竜之介の軀は、声のした左手の路地へ躍りこんでいる。

「そこで何をしておるっ」

腸に響くような声で、一喝した。

「わっ」

路地の奥にいた四人の武士が、驚いて、跳び退いた。

彼らの前には、血まみれの女が倒れている。

女のそばに道具箱が転がり、中身が地面に散乱していた。

「非道は許さぬっ」

竜之介は大刀を抜いた。

「何を小癪な」

手前の武士が、斬りかかる。

が、竜之介は無造作に、その刃を払った。

「あっ」

大刀が宙に飛んで、板塀の上の方に突き刺さる。そいつは、啞然として立ち竦んだ。

「死ねっ」

別の武士が、諸手突きで飛びこんで来る。

竜之介の剣が、その大刀に振り下ろされた。

「うっ」

相手の大刀は、地面に落ちた。

「むむ……此奴、手強いぞ」

素手になった二人の武士が、じりじりと後退しながら言う。

すると、頭分らしい武士が、

「退け、退けっ」

その声に救われたように、他の三人も逃げ出した。

武士の魂であるべき刀を置き去りにしての逃走だから、無様そのものであった。

納刀した竜之介は、倒れている女の前に屈みこんで、

「これ、しっかりしろ」

それは町人の女で、四十半ばであろうか。

地面に散乱しているのは、櫛や鋏、元結などの髪結い道具であった。つまり、女髪結いなのだろう。

「華阿弥(はなあみ)……」

喉の奥から絞り出すようにして、瀕死の女が言った。

「華阿弥だと？」

「次は、華阿弥が……」

それだけ言って、女は、がっくりと首を垂れた。

竜之介が、二本の指を女の喉にあてがったが、脈は感じられない。

絶命したのである。

竜之介は、女髪結いの軀(からだ)を、そっと地面に横たえて、立ち上がった。

「次は華阿弥――と申していたが、何のことであろうか」

考えこむ竜之介であった。

二

「竜之介様っ」

血相を変えて、馬喰町(ばくろちょう)の自身番に飛びこんで来たのは、韋駄天(いだてん)のお槙である。

「おう、参ったか」

ちょうど、松平竜之介は、上がり框から立ち上がったところであった。

南町の定町廻り同心・緒川松之輔に事情を話している間に、竜之介は番太郎に頼んで、浅草阿部川町のお新の家へ行って貰ったのである。

お槙が、家で待っているのでないか——と考えたからだ。

「では、緒川殿。わしに何か用事があれば、阿部川町の家まで来ていただきたい」

「ははっ、承知いたしました——」

恐縮した緒川同心は、両膝に手を当てて深々と頭を下げた。

実は、緒川同心は、羅切魔の件で北町奉行所の与力・小林喜左衛門に会った時に、松浦竜之介こと松平竜之介の本当の身分を教えられたのである。

小林与力は、将軍家斎の隠し子捜しをしていた時の竜之介と、面識があるのだった……。

緒川同心は、一夜で艶っぽくなったお槙を見て、不審げに首を傾げる。

自身番を出た竜之介は、

「使いに行った番太郎から聞いたかも知れぬが、何があったか、話しておこう——」

お槙と肩を並べて歩きながら、女髪結い殺しの件を説明した。

――斬られたのは、花川戸町に住むお兼という女髪結いであった。十年ほど前に亭主を亡くした寡婦である。

腕が良くて、話し上手なので、引っ張りだこの人気だったという。

髪結いは時間がかかるので、口べたな人間だと間が持たないのだ。

通塩町の薬種問屋に呼ばれて、明日は見合いという一人娘の髪を結っての帰りに、お兼は危難に遭ったらしい。

お兼は、武家屋敷には出入りしていなかったというので、どうして、四人の武士に斬られたのか、皆目、見当がつかなかった……。

「どうした、お槙」

うんともすんとも言わずに、お槙が黙りこんでいるので、竜之介は、女御用聞きの顔を覗きこむ。

「赤地蔵を狙う奴らに襲われたんじゃないかって、あたしが心配して家で待ってるのに、のんびり医者の先生のところで、お酒を飲んでるなんて……」

そっぽを向いたまま、お槙は言った。

「これは済まなかった。許せ」

竜之介が頭を下げると、お槙は、その胸にかじりついた。

「もう、口先だけで謝っても、許さないんだからっ」

そう言って、竜之介の袖を引いて、そばの普請場(ふしんば)へ連れこむ。

普請場の奥の、材木を山なりに積んだところは、通りの方からは見えない。

「座って」

「うむ、こうか」

二刀を腰から抜いて、竜之介は、材木に腰を下ろした。

すると、お槙は、彼の前に跪(ひざまず)く。そして、着物の前を開いて、下帯の脇から肉根を摑み出した。

「ほんとに、本当に、心配したんだからっ」

そう言って、お槙は男根を咥える。心をこめて、しゃぶり始めた。

「よし、よし」

竜之介は、お槙の頭を撫でてやる。

「情の深い女だな、そなたは」

「ん……」

肉塊を頰張ったまま、お槙は頷いた。そして、さらに熱心に男根に奉仕する。

たちまち、竜之介の道具は猛々しくなった。

巨砲は黒光りして、見事に反りを打つ。

「竜之介様……飲ませて、濃いのを」

牝そのものの顔つきになって、お槙は懇願すると、玉冠部を呑んだ。

「うむ」

竜之介は、両手をお槙の後頭部にかけると、ぐいっぐいっと腰を動かして、彼女の喉の奥まで男根を突き入れる。

「ん、うぅぅ……」

女御用聞きは、呻いた。

竜之介は、欲望の堰を解放して、怒濤のように放つ。

「おぐ…うぐぅ……」

お槙は喉を鳴らして、大量の聖液を飲みこんだ。

吐精しても、竜之介の剛根は衰えを見せない。

そして、口淫奉仕を継続しながら、お槙は臀を浮かせて、白い木股を脱ぐ。

木股は、秘部から溢れた愛液で濡れていた。

「ちょうだい、竜之介様。立派な魔羅で、あたしを犯してっ」

ぐしょ濡れの木股を懐(ふところ)に入れると、お槙は、竜之介の膝の上に跨がった。男の首に、両腕をまわす。

「よかろう」

竜之介は、右手で男根の茎部を掴むと、お槙の花園にあてがう。そして、しゃがむようにさせた。

「お、あああァっ」

真下から長大な男性器で女壺(にょつぼ)を貫かれたお槙は、仰(の)けぞった。

対面座位である。

一夜でお槙の肉体が成熟したのか、竜之介の巨根は、根元まで彼女の内部に侵入を果たす。

「いっぱい…あたしのあそこが、いっぱいになってる……」

お槙は喘(あえ)いだ。

その剥き出しの臀肉を、竜之介は両手で掴んで、

「参るぞ」

ゆっくりと突き上げる。

「あっ、あっ…ああっ」

お槙は目を閉じて、悦(よ)がり出した。

「さ、三軒とも……」

「ん？」

「盗賊に襲われた店…三軒とも……小さな地蔵様を祀ってたって。それも、赤っぽい地蔵を」

欲望に突き動かされながらも、女十手者(おんなじってもの)として、事件のことは忘れないお槙なのである。

「よく調べたな。そうか……やはり、赤地蔵は全部で四体か」

「それから……」

竜之介の首筋に唇を這わせながら、お槙は続ける。

「橘屋(たちばなや)の主人が赤地蔵を買った店……仙貴堂(せんきどう)は見つけたよ……だけど、主人は八年前に死んで、息子に代替わりしてた……」

「では、赤地蔵の来歴は」

「聞いていないってさ……」

まだ担ぎ商いをしていた橘屋聡兵衛(そうべえ)が、その仙貴堂で赤地蔵を購入した時、息子はよその古物商に奉公し修業中だったのである。

だから、赤地蔵を誰が売りに来たのか、どこから仕入れたのか、まるで知らない――という。

「それは残念だったな」

「うん……だから、ご褒美に、もっともっと犯して」

甘え声で、お槙は言う。

普段の凜々(りり)しいお槙しか知らない者が、今の彼女を見たら、別人としか思えないであろう。

「このように、か」

竜之介は、突き上げるだけではなく、お槙の臀を揺すって、様々な方向から責める。

「ところで、華阿弥というのは、能役者だそうだな」

「そ…そうだよ……能に縁のない町人の娘たちにも騒がれるほど……美少年なんだって」

能役者は、観世(かんぜ)・宝生(ほうしょう)・金春(こんぱる)・金剛(こんごう)・喜多(きた)の五流派に分かれている。

が、それとは別の零細な流派もあり、そのひとつ、茨城(いばらき)派の華阿弥は十四歳だ。

華阿弥は芸も優れているが、その面立(おもだ)ちの美しさは、「宝珠(ほうじゅ)の如(ごと)し」と言われるほどであった。

男色趣味の大名や大身旗本、僧侶などが大金を積んで寵童（ちょうどう）にしようとしたが、華阿弥は首を縦に振らなかったという……。

「——待てよ」

竜之介は、お槙を責める動きを止めた。

「お槙。吉原の遊女は、誰に髪を結って貰うのだ」

「以前は、遊廓専属の男髪結いがいたそうだけど……今は、外から女髪結いを呼んだり……あっ」

お槙も、ことの重大さに気づいた。

「ひょっとして、お兼は吉原に出入りしていて、遊女から魔羅の立派な客のことを聞いていた……お兼は、それを羅切魔に教えていた？」

「聞き上手な人間なら、髪を結う間に、遊女から客の道具の品定めを聞き出すのも、難しくはあるまい」

「じゃあ、次は華阿弥——と言ったのは、華阿弥も立派な魔羅の持ち主で、羅切魔に狙われるってことかな。たしかに、贔屓（ひいき）の客に、筆下ろしで華魁（おいらん）をあてがわれるってのは、ありそうだけど」

「よし」と竜之介。

「明日、直(じか)に華阿弥に会って、確かめてみよう」

そう言ってから、竜之介は、攻撃を再開した。

お槙は翻弄(ほんろう)されて、すぐに、虹色の絶頂に達してしまう。

竜之介は、その奥の院に、たっぷりと精を放つのであった。

三

麻布の南、白金村に、茨城華阿弥の屋敷はあった。

翌日の昼下がり――松平竜之介は、その屋敷の玄関へ入って、

「――御免」

奥へ声をかけた。

ややあって、中年の女中が出て来る。

「わしは松平…いや、松浦竜之介という者だが、当主の華阿弥殿にお目にかかりたい」

両親が早くに亡くなって、華阿弥は、十四でこの茨城屋敷の主人なのであった。

「どのような御用でございましょう」

「それは、華阿弥殿に直に申し上げたいのだが」

「お待ちくださいまし――」

女中は奥へ引っこんだが、すぐに戻って来た。

「お会いするそうでございます。こちらへ」

「うむ」

大刀を腰から抜いて、竜之介は上がった。

案内されたのは、庭に面した八畳間であった。

（それにしても……）と竜之介は考える。

（女髪結いのお兼を斬った武士たちは、何者であろうか）

羅切魔一味とは別に、赤地蔵がらみの悪党がもう一組、いるということか。

床の間を背にして、そんなことを考えていると、足音も立てずに袴姿の少年がやって来た。

座敷に入ると、少年は下座に座って、両手をつく。

「茨城華阿弥にございます。お見知りおきください」

袴も小袖も白という姿だ。

長い黒髪は扇状に開いて、腰まである。前髪は、眉の上で横一文字に切りそろえていた。

頬の豊かな絶世の美少年で、彼を稚児として迎えようとする男色家が群がり来るのも、無理はない。

「突然、押しかけて来て、申し訳ない。わしは、松浦竜之介という」

「当家の下男が、お噂を聞いて参りました」

華阿弥は微笑した。

「羅切魔や凶悪な盗賊と闘ったお強い武芸者であられる、と」

「それなら、話は早い。実は、その羅切魔に関わることなのだ」

「はあ……」

怪訝(けげん)な面持(おもも)ちになる、華阿弥だ。

「華阿弥殿は、呉服商の中岡屋佐兵衛と親しいと聞いた」

「はい。お世話になっております」

「その中岡屋に連れられて、今年の二月に吉原に行かれたな。そして、富士楼という見世(みせ)に登楼(あが)った」

「………」

戸惑った様子で、華阿弥は黙りこむ。

「そこで、そなたは香月（かづき）という華魁（おいらん）に、筆下ろしをしてもらった——いや、明け透けな言い方で申し訳ない」

　竜之介は苦笑して、

「実は、わしは二十二になるまで、女を識（し）らなかった……いや、男女和合の道さえ知らなかった朴念仁（ぼくねんじん）でな。そのために、妻に初夜の床で罵倒されて、大変な目に遭った」

「まことでございますか。松浦様のような立派なお武家様が」

　華阿弥は目を丸くした。

　普通の武士は、恥になるようなことを、自ら明かしたりはしないものなのだ。

「いや、あの当時のわしは、箸にも棒にもかからぬ世間知らずでな……今は、少しだけましになったはずだが」

　それから、竜之介は、穏やかな眼差（まなざ）しで華阿弥を見て、

「華阿弥殿のように、早くに男女のことを識っていれば、今とは違う道もあったかも知れぬ」

「お羞ずかしゅうございます」

打ち解けた様子で、華阿弥は頭を下げた。

「ところが——」

竜之介は表情を引き締めて、

「その筆下ろしのために、そなたは羅切魔に狙われているらしい」

「え、まさか」

華阿弥は蒼ざめる。

竜之介は、昨夜、女髪結いお兼の殺害現場に行き逢わせたことを説明した。

「そういうわけで、お兼は、羅切魔に男の道具が立派な若者のことを喋っていた、と思われる」

今日の朝、お槙が吉原遊廓に行って調べた結果——今まで羅切魔の犠牲になった五人の男は、みんな、お兼が髪を結った遊女を相方にしていたことが、確認できた。

華阿弥の筆下ろしをした香月華魁も、お兼の客であった。

そして、華阿弥の股間の道具は、年に似合わず立派なものであったという。

その情報を踏まえて、竜之介は、お槙と一緒に、白金村の茨城屋敷へやって来たのだった。

すでに、羅切魔一味が屋敷を見張っていることも考えられるから、お槙は別行動をとって、この屋敷の見える場所に潜んでいる……。

「そのお兼が、今わの際に、そなたの名を口にしたということは……羅切魔の次の的は、そなたということになる」

「恐ろしい……ど、どういたしましょう」

思わず、華阿弥は、竜之介に躙り寄った。

「わたくしは、男のものを切り落とされるのは、厭でございますっ」

震える手で、竜之介の膝に置く。

「まあ、それは、誰しも厭だろうな」

竜之介は、華阿弥の手をとって、

「安心するがいい。そなたさえ承知なら、これから南町奉行所に頼んで、屋敷の周囲に捕方を配置してもらうつもりだ」

「それは無論、承知でございますが……軀の震えが止まりません。お情けをくださいまし」

「というと？」

「あの……」華阿弥は頰を染める。

「松浦様の男の精を、いただきとう存じます」

つまり、男根をしゃぶらせて、聖液を飲ませてほしい——ということだろう。

筆下ろしは香月華魁が相手だが、その前に、男性を相手にした衆道(しゅどう)の経験はあるようだ。

「ふうむ」

衆道には興味のない松平竜之介であるが、少しの間、華阿弥の顔を見つめて、

「よかろう」

膝をくずして胡座(あぐら)をかくと、竜之介は、着物の前を開いた。そして、下帯の脇から肉根を摑み出す。

「まあ、ご立派な……」

華阿弥は、目を輝かせた。

「そなたの道具も、大層、立派だそうだが」

「いえ。松浦様のものとは、比べものになりませぬ……」

竜之介の股間に、少年能役者は顔を伏せた。

手を使わずに、男根を咥える。

そして、しゃぶり始めた。

「――――」

竜之介は醒めた目で、華阿弥の頭を眺めながら、右手を彼の臀（しり）に伸ばす。

白袴の上から臀を撫でてやると、華阿弥は嬉しそうに腰をくねらせた。

華阿弥の唇と舌は変幻自在に蠢（うごめ）いて、竜之介の男根を刺激する。

ほどなく、肉の凶器が、その全容を露（あら）わにした。

華阿弥は、剛根から口を離して、

「巨（おお）きい…硬い……長くて、太くて、雁高（かりだか）で……これこそ本物の男の御破勢……」

賞賛と歓喜の表情になる。それから、竜之介の顔を見て、

「たっぷり飲ませてくださいな」

「うむ、咥えるのだ」

竜之介は命じた。先ほどよりも、口調が冷たくなっている。

それに気づかず、華阿弥は大きく口を開いて、玉冠部を呑んだ。

両手で茎部を扱（しご）きながら、口の中で舌を使う。

竜之介は硬い顔つきになって、左手で華阿弥の後頭部を押さえた。そして、腰を突き上げる。

「おご……う………」

喉の奥を圧迫されて、華阿弥は呻(うめ)いた。

が、逃げたりせずに、さらに巨根を深く咥えこむ。

竜之介は、華阿弥の喉の奥に叩きつけるように、大量に吐精した。

「ん……む……んんぅ……」

濃厚な白濁液を、ごくりごくりと華阿弥は飲み下す。

さらに、舌と唇で巨根を丁寧に浄(きよ)めた。

「……松浦様」

顔を上げた華阿弥の瞳は、異様な輝きを放っていた。

「見つけました。貴方(あなた)様こそ、わたくしが捜し求めていた〈火(ひ)の男(おとこ)〉でござさますっ」

「左様か」

そう言った竜之介は、突然、華阿弥の急所に当て身をくれた。

「む………」

華阿弥は気を失って、横倒しになる。

竜之介は無造作に、その襟元を押し広げた。

胸に白い晒し布を巻きつけて、胸乳(むなち)の膨らみを隠してあった。つまり、この華阿弥は、女だったのである。

「やはり、な」

竜之介は、華阿弥に化けていた女の臀を撫でて、それが能役者のものではないと知ったのであった。

五体の所作を完璧に制御する能役者の臀部(でんぶ)は、常人のそれは全く違う。

長い黒髪を引っぱると、それは外れた。鬘(かつら)だったのである。

鬘の下は、短い切下げ髪だ。

顔の皮を剝ぐと、その下から美しい女の顔が現れる。

竜之介は知らないが――それは、山伏の曹源(そうげん)から「鬼琉(きる)」と呼ばれていた女であった。

「わしを待ち伏せておったのか……」

そう呟(つぶや)いた竜之介は、手早く、小袖や肌襦袢(はだじゅばん)、袴などを脱がせた。

女を半裸にする。

彼女が纏(まと)っているものは、胸部に巻かれた晒し布、白くて幅の狭い女下帯(おんなしたおび)、それに白足袋(しろたび)だけであった。

両腕を背中側で、刀の下緒で縛(しば)り上げる。

そして、両足を座禅を組むようにして、俯せにした。

頭と両膝の三点で、女は、軀を支える格好になる。

いわゆる〈座禅転がし〉であった。

小伝馬町牢屋敷の役人たちが、女囚を犯すために、この格好を考案したといわれている。

竜之介は、女下帯を毟り取った。

朱色の秘処と茜色の後門が、剝き出しになる。

亀裂を飾る恥毛は薄く、帯状を為していた。

秘処が濡れているのは、口唇奉仕によって女が興奮したからであろう。

竜之介は、女の背後に片膝立ちになると、勢いの衰えぬ巨砲を、亀裂にあてがった。

全く前戯無しで、いきなり貫く。

「〜〜〜〜アアアっ！」

女は瞬時に覚醒して、絶叫を迸らせた。

あまりにも強烈な激痛に、全身から、珠のような汗が噴き出す。

自分の手首よりも太い巨根を、その根元まで突き入れられたのだから、無理もない。

　しかも、この女は、初めてであったようだ。

「その方は、羅切魔の一味に相違あるまい。正体を申せ」

「…………」

　ぎりぎりと歯嚙みしながら、女は無言であった。

　竜之介は眉ひとつ動かさずに、腰を退いてから、ずんっ……と奥の院に剛根の一撃を加えた。

　再び、女は絶叫する。

「わ、我らは…聖炎……教団じゃ…………」

　女は、切れ切れに言った。

第六章　復讐の女忍

一

聖炎教団の女は、胸に晒しを巻いて、白足袋を履いている——身につけているものはそれだけで、下半身は完全な裸であった。

まことに、刺激的な格好である。

しかも、後ろ手に縛られて座禅のように両足を組まされ、頭と両膝の三点だけで躯を支えているのだ。

秘部も後ろの排泄孔も、女性にとって最大の羞恥の場所が、剝き出しになっている。

そして——処女の肉門は、巨大すぎる男根で、強引に刺し貫かれていた。

破華の結合部から、透明な秘蜜が滲み出しているのは、快感のためではない。

内部粘膜を保護するために、防御活動として女体(にょたい)が愛液を分泌しているのだ。

「そなたの名は」

松平竜之介(たつのすけ)は、座禅転がしにかけた女を犯しながら、問いかける。

「き…鬼琉(きる)……」

女は、掠(かす)れ声で答えた。

「狼(おおかみ)を操っていた大柄な山伏は」

「曹源(そうげん)……」

「鬼琉と曹源か。茨城華阿弥(いばらきはなあみ)やこの屋敷の奉公人たちは、如何(いかが)いたしたのだ」

玄関に出て来た女中も、本物ではないはずだ——と竜之介は考えていた。

「み、みんな……土蔵に…閉じこめている」

鬼琉は、脂汗まみれで言う。

「左様か」

竜之介は、少しだけほっとした。

「それにしても、なにゆえ、わしがこの屋敷を訪ねて来るとわかったのだ」

「お前が……瀕死のお兼(かね)から…華阿弥の名を聞いたはず——と…考えたのだ」

「それを知っているということは、お兼を斬った武士たちは、聖炎教団の者なのか」

「違う……」

「では、何者だ。そもそも、聖炎教団とは何なのか」

「……」

鬼琉は沈黙する。

「ふうむ――」

竜之介は、ずぼっと巨根を引き抜いた。

「がァはっ」

鬼琉は、叫び声を上げる。が、巨根責めが終わったとして、安堵したような顔にもなった。

しかし――竜之介は、責め問いをやめたわけではない。

愛液まみれの巨根の先端を、茜色の後門に押し当てた。

「馬鹿っ、そこは違う…」

鬼琉が言いかけた時、竜之介は、ずずんっ……と、桁外れの剛根を無理矢理、突き入れた。

無防備な臀の孔を押し広げて、巨大な質量の男根が容赦なく犯す。

「…………っっ!!」

鬼琉の喉の奥から、文字では表現できないほど凄まじい絶叫の塊が、噴出した。

脂汗まみれだった鬼琉の軀から、さらに大量の汗が噴き出す。

限界まで引き延ばされた女の括約筋が、男根を、ぎりぎりと締めつける。

「わしは、女人をいたぶることは好きではない。だが、その方らの残虐非道な行いを止めるためには、わしは、あえて鬼になることも厭わぬ」

竜之介はそう言ってから、またも、巨根で荒々しく臀の奥を突いた。

「聖炎教団とは何か、その目的は何だ？」

「ぐっ、あっ、はっ……」

女壺のみならず、臀孔までも蹂躙されて、二重に〈処女破り〉をされた鬼琉だ。

今は、排泄器官の奥の奥まで犯されて、正気を失ったような表情になっている。

「申せ！」

竜之介は、さらに、ずずーんっ……と力強く後門を突いた。

「言うっ、言うからやめてぇぇっ」

鬼琉は血を吐くような声で、叫んだ。

「せ…聖炎教団とは…」

その瞬間、前方と右側の襖(ふすま)を蹴倒して、二人の山伏が跳びこんで来た。

「死ねっ！」

「異教者めっ！」

宝剣を振り上げて、竜之介に斬りかかる。

が、それよりも早く、竜之介は腰の脇差を抜いた。

鬼琉の臀孔を貫いたままで、竜之介は、二人を斬り倒す。抜かず斬り——というべきか。

その動作によって、後門の内部の巨根も激しく動いたので、鬼琉は悲鳴を上げた。

しかし、さらに、庭の方から何かが投げこまれた。

「むっ」

それは煙玉で、あっという間に、八畳間に白煙が充満する。

竜之介は、鬼琉の臀から男根を引き抜いて、床の間の方へ退(さ)がった。

視界を閉ざす煙幕の中で、同じ場所にとどまっていると、敵の攻撃を受ける可能性が高いからだ。

白い闇の中の気配を探りながら、竜之介は、懐紙で手早く後始末をする。

白煙の中からの攻撃は、なかった。

竜之介は、身繕いをした。

その頃には、白煙が庭へ流れ出して、座敷の中が見えてくる。

座禅転がしにかけた鬼琉の姿は、なかった。

畳に血痕はあるが、斬り倒した二人の山伏の死体もない。

白煙の中で、仲間が運び去ったのであろう。

脇差を鞘に納めた竜之介は、床の間の大刀を摑んだ。

そして、立ち上がって帯に大刀を差す。

「竜之介様っ」

庭へ駆けこんできたのは、女御用聞きのお槙であった。

「お槙か。わしは大丈夫だ」

竜之介は、彼女を安心させるために、笑顔を見せてやる。

「だが、せっかく捕らえた羅切魔を、逃してしまったよ」

「そうですか。屋敷から白煙が上がったのが見えたから、あわてて、駆けつけたんです。すみません、持ち場を離れて……」

お槙は、敵が逃げるのを見逃したと思って、項垂れる。

「気にすることはない」

庭下駄を履いて、竜之介は庭へ降りると、お槙の肩に手を置いた。

「立場が逆なら、わしも、一目散に駆けつけていただろう。わしのことを案じてくれるそなたの気持ち、嬉しく思っておる」

「竜之介様……」

感激の面持ち(おもも)で、お槙は、竜之介の胸に顔を埋める。

その健気(けなげ)な女御用聞きを抱きしめてやりたかったが、まだ、やるべきことがあった。

「この屋敷の者たちが、土蔵に閉じこめられているそうだ」

「それは、大変」

二人は、母屋(おもや)の裏手にまわった。

聖炎教団の伏兵は、いないようである。

土蔵に近づくと、竜之介は、

「罠ということも考えられる。離れておれ、お槙」

「はい」

素直に、お槙は後ろに退がった。十手(じって)を構えて、油断なく周囲を見まわす。

観音開きの扉には、金網を張った小さな覗き窓があった。

そこから内部を見たが、真っ暗で何も見えない。

壁の高い位置に作られた明かり取りの窓は、内側から閉じられているのだろう。

竜之介は、扉を叩いて、

「中に、誰かおるか。返事をしろ」

しかし、土蔵の内部から返事はなかった。

竜之介が扉の取っ手を摑むと、意外にも、抵抗なく動いた。

と、扉の内側にもたれかかっていた人間が、頭から逆さに転げ出てくる。

「あっ」

思わず、お槙は叫んだ。

それは、全裸の少年であった。

顔形や髪型からして、茨城華阿弥であろう。

華阿弥の股間のものは、無惨に切り落とされている。

そして、蔵の中には、七、八人の奉公人たちが折り重なって倒れ、まさに血の海であった。

華阿弥と奉公人たちは土蔵に閉じこめた――という鬼琉の言葉は、半分だけ正しく、半分は嘘であった。

聖炎教団の山伏たちは、生きた人間ではなく、殺した死体を、土蔵に放りこんだのである。

「冷血極まる聖炎教団め……天が許しても、この松平竜之介が絶対に許さぬっ」

竜之介は、邪教の悪党どもを悉く成敗することを、惨殺された人々に固く誓うのであった。

二

「くそ、ふざけやがってっ」

夜の上野広小路を、酔っ払って千鳥足で歩いているのは、団子屋の孫平であった。

「紋七の野郎、日頃から兄貴兄貴と奉ってやったのに、あんな張り子の虎の見かけ倒しだったとはよォ」

三角おにぎりのような顔をした孫平の額には、饅頭をくっつけたような大きな瘤がある。

それは、黒雲一家の乾分で、力士くずれの紋七に殴られた瘤であった。

一昨日の朝――安吉少年に酷い扱いをして、松平竜之介に蹴っ飛ばされた孫平は、逆恨みして、紋七に仇討ちを頼んだ。

紋七は、これも黒雲一家の仙太と辰を連れて、新シ橋で竜之介に襲いかかった。

ところが、見事に竜之介に返り討ちにあって、紋七たちと孫平の四人は、神田川へ叩きこまれたのである。

溺れただけの紋七と孫平は、まだましな方であった。

匕首を抜いた仙太は鼻柱を叩き潰されたし、辰は右手手首を打たれて、骨に罅が入ってしまった。

そういうわけで、紋七は、自分たちのだらしない姿を見られた格好の悪さも相まって怒り狂い、仇討ちを頼んだ孫平を、ぶん殴ったのである。

それが、昨日のことであった。

今では贅肉の塊と化しているとはいえ、元は力士の紋七に、力まかせに殴りつけられたのだから、孫平は気絶してしまった。

そして、ようやく動けるようになった孫平は、やり場のない怒りをかかえて、居酒屋で自棄酒を飲んだのであった。

「大体、あの松浦竜之介とかいう三一が、余計な真似をしやがるから……浪人なんて、どいつもこいつも碌でなしばっかりだっ」

孫平が、そう吠えた時である。

「──兄さん」

突然、大店の軒下の暗闇から声がかかった。女の声であった。

「ひっ」

臆病な紋七は、逃げ腰になって、声のした軒下を見る。

その暗闇の中から、するりと抜け出して来たのは、鳥追い姿の女であった。

三味線をかかえて、手甲脚絆の旅支度である。

月光に照らし出されたその顔は、二十二、三であろう。切れ長の目をした、小粋な美女であった。

「へえ……」

尾籠な腰つきになった孫平が、思わず、二、三歩、前へ出てしまったほどの美貌なのである。

「あら、驚かしちゃって、御免なさいね」

鳥追い女は、軽くお辞儀した。

「姐さん、えらく別嬪だなあ。まさか、狐が化けてるんじゃあるまいな」

「ほ、ほ、ほ。尻尾はありませんよ、ほら」

女は愛想良く、腰を突き出す真似をして見せる。

「い、いや。着物の上からじゃ、尻尾のあるなしはわからねえ」

酔っている孫平は、図々しく、女の丸い臀を撫でまわした。

「ちゃんと、直に確かめねえとな」

男の不作法な行為にも、女は怒りもせずに、笑っている。

「まあ、それは後のお楽しみにして――さっき、松浦竜之介とおっしゃいましたね？」

「う」

孫平はたじろいで、身を退いた。

「おめえ、あの三…浪人の知り合いなのか」

「いえ、ちょいと用事があるだけです。で、その松浦というご浪人は、どこに住んでいるのかしら」

「さて、浅草だと思うが……」

孫平は首をひねる。

「詳しい町名までは、俺も知らねえ。だが、橘屋に押し入った盗人退治をしたそうだから、あの辺の者に訊きゃあ、知ってるんじゃないか」

「そうですか。どうもお手間を取らせまして、ありがとうございました」

深く腰を折って頭を下げると、女は、踵を返して立ち去ろうとした。

「おっと、待った」

孫平は、背後から鳥追い女の肩を摑む。

「俺と付き合う約束を、違えちゃいけねえよ」

女は振り向いた。

「――――」

愛想笑いが消えて、その表情は氷よりも冷たく、眼光が鋭い。

「さあ、こっちへ……え？」

孫平は、呆然とした。

女の肩にかけた自分の右手が、いつの間にか、ぽろりと地面に落ちていたからだ。

手首の切断面から、ぴゅっ、ぴゅっと噴き出す鮮血を見て、

「うわあっ」

孫平は悲鳴を上げた。

が、すぐに、その悲鳴も止まる。

喉元を何かで、斬り裂かれたからだ。

「…………？」

孫平は、喉の傷から、ぶくぶくと血の泡を噴きながら、横倒しになった。

血溜まりの中で、団子屋の孫平は息絶える。

「ふん」

鳥追い女は、不様な団子屋の最期を見て、鼻で嗤った。

「安心して地獄へ堕ちるがいい。お前が恨んでいる松浦…いや、松平竜之介は、この羅倶が、必ず殺してやるから――」

三

「ん？」

松平竜之介は、玄関の土間に折り畳んだ紙が落ちているのに、気づいた。

あれから――皆殺しの虐殺があった茨城屋敷に、町方同心の緒川松之輔が駆けつけて、その後始末に夜までかかったのである。

聖炎教団の名は、緒川同心も知らなかった。

しかし、聖炎教団の鬼琉という女は、華阿弥に化けて竜之介を待ち伏せしていた。

おそらくは、色仕掛けで竜之介が油断したところを、隙を見て殺害し、懐の赤地蔵を奪うつもりだったのだろう。

だが、竜之介の巨根に驚いた鬼琉は、逆に、竜之介に座禅転がしにかけられてしまったのだ……。

「その鬼琉と申す女が、竜之介様を〈火の男〉と呼んだのは、どのような意味でございましょうか」

緒川同心は考えこむ。

「それはわからぬが――」と竜之介。

「思うに、羅切魔は、その〈火の男〉を見つけ出すために、これまで六人の若者の命を奪ってきたのではなかろうか」

「そうなると……赤地蔵も含めて、竜之介様は二重に羅切魔一味……いや、聖炎教団に狙われることになりますが」

「まあ、わしが的になれば、敵の方から寄ってくる――それは、望むところだ」

竜之介は決然と言い放った。

「手向かいの出来ぬ弱い者が、これ以上、彼奴らの犠牲になることだけは、何としても阻止しなければならぬ」

「どうも、竜之介様の豪胆さと正義感の強さには、感服仕りました」

素直に頭を下げる、緒川同心なのだ。

「しかし……わたくしごときが申し上げるのも失礼と存じますが、相手は人の道を踏み外した外道――どんな卑怯卑劣な手を用いて来るか、わかりません。くれぐれも、ご油断なさいませぬように」

竜之介が将軍家斎の婿であることを知っている緒川同心は、丁寧な言葉遣いで忠告した……。

こうして、緒川同心やお槙と別れた竜之介は、浅草阿部川町のお新の家へ帰ってきたのである。

そして、玄関の戸を開けたとき、土間に落ちていた紙に気づいたのだ。

「投げ文か……」

拾い上げた竜之介は、その手紙を開いてみた。

そこに書かれていたのは、「赤地蔵　青梅（おうめ）　常光寺」――この三つの単語だけであった。

「何だ、これは」

家へ上がって、行灯（あんどん）を点（とも）してから、じっくりと手紙を調べてみたが、炙（あぶ）り出しなどの仕掛けはないようであった。

（素直に、この三つの言葉を繋ぎ合わせれば、赤地蔵は青梅宿の常光寺に関わりあり――ということになるが……）

意味はそれで正解としても、誰がこの投げ文をしたかが、問題である。

（聖炎教団が、わしを青梅に誘き寄せるために、これを投げこんだのであろうか）

確かに、町奉行所が味方する江戸の府内よりは、青梅の方が、竜之介を襲いやすいであろう。

（しかし、それは余りにも稚拙（ちせつ）な罠だ……）

では、聖炎教団以外の誰が、こんな手紙を竜之介の住む家へ投げこむだろうか。

（お兼を襲った武士……奴らの仕業では）

そうなると、あの四人の武士と聖炎教団は、敵味方の関係なのか。

（それとも、聖炎教団でもお兼殺しの武士たちでもない、わしの知らぬ第三の敵がいるということか）

疑念がさらに広がった時、

行儀も何もなく、玄関から韋駄天お槙が跳びこんで来た。

「竜之介様っ」

「わかった、わかりましたっ」

「何がわかったのだ、お槙」

竜之介は笑顔で、女御用聞きを出迎える。

「お兼を斬った奴らですよ」

お槙は、竜之介の脇にぺたんと座って、

「あいつら、青梅の代官所の奴らだったんですっ」

「青梅だと？」

竜之介は、眉間に縦皺を刻む。

お槙の話によれば——竜之介が帰った後に、喜三郎という御用聞きが茨城屋敷にやって来て、緒川同心に朗報を届けた。

例の武士たちが残していった二刀をかかえて、武具商を廻ったところ、片方の刀を売った店が見つかったのである。

その店の主人の話では、刀を買ったのは、小宮領代官の家来で鈴木治之助（はるのすけ）という者だという。

多摩郡小宮領を治める代官所は、江戸との交通の便を考えて、青梅宿に置かれていた。

江戸から青梅までは十三里半ほどで、健脚の者なら一日で着く行程である。

現在の小宮領代官は、五十川刑部（いそかわぎょうぶ）という旗本であった。

「それを報せるために、あたしは駆けてきたんだよ。ああ、しんどかった」

額の汗を手拭いでふきながら、お槙は言った。

汗ばんだ二十歳（はたち）の肉体からは、女の匂いが立ちのぼっている。

「それは御苦労。ついては、これを見てくれ」

竜之介は、例の投げ文をお槙に渡した。

「これは……」

お槙は、手紙を見つめて、

「やっぱり、こっちも青梅に関係してるのか」

「誰からかはわからぬが、赤地蔵は青梅の常光寺に関わりがあるという密告があり、お兼を殺したのは、青梅の代官所の家来だという――これは、青梅に行かずばなるまい」

「あたしも行くっ」

即座に、お槙は言った。

「では、明日、ここから出立するか」

今夜、泊まっていくのか――という意味で、竜之介が尋ねると、

「うーん……でも、お咲にも話さないといけないし」

残念そうに、お槙は言った。

「では、明日、辰の上刻に、ここへ来てくれ」

辰の上刻――午前八時である。

「はい、そうします」

返事をしたお槙だが、立ち上がらずに、愚図愚図している。

その心情を察した竜之介は、彼女を抱き寄せて、

「お槙――」

その唇を吸った。お槙は、自分から舌を差し入れて、夢中で絡めてくる。

しばらくの間、舌と舌の交歓があってから、竜之介は唇を離した。

まだ、名残惜しそうなお槙に、

「この続きは、青梅で――よいな」

「うん……」

こくり、と幼児のように頷く、お槙であった。

四

その痩せた侍は、懐手(ふところで)のまま居酒屋の前の通りに出て来た。

「さあ、お望み通り、店の表に出てやったぞ。これから、どうするね」

相当に飲んでいるらしく、今にも瞼(まぶた)が閉じそうな酔眼で、三人の浪人者を眺める。

「どうするもこうするも、あるかっ」

三人の頭分(かしらぶん)らしい浪人が、吠えた。

「武士の意地だ、果たし合いをするに決まっているだろう。抜けっ」

そう言って、大刀を引き抜く。両側の二人も、抜刀する。

野次馬たちが、「わわっ」「抜いた、抜きやがった」と後退(あとずさ)りをした。

松平竜之介と韋駄天お槙が、濃厚な接吻を交わしていた頃――そこは、増上寺の北東、三島町の居酒屋の前であった。

一対三の喧嘩を、大勢の野次馬が見物している。

その三人の浪人たちが、酒が水っぽいとか、煮物がしょっぱいとか、つまらない難癖（なんくせ）を店の者につけているので、痩せた浪人が、「因縁（いんねん）をつけて飲み代を逃れようとしているのでなければ、黙って静かに飲め」と一喝した。

それで、「貴様、表に出ろっ」という騒ぎになったのである。

「そうか、そうか」

痩せた浪人は、にやりと嗤（わら）って、

「俺はまた、財布狙いの強盗かと思ったよ。疑って、すまなかったな」

「貴様の財布は、斬り倒した後に、我らに対する侮辱の詫び料として、貰っておく」

「何だ。やっぱり、斬（き）り盗（と）り強盗じゃないか」

「黙れっ」

右側の浪人が斬りかかった。

が、痩せた浪人は、懐から抜き出した両手で、そいつを軽くあしらう。

大刀を奪われた浪人は、あわてて、仲間のところへ後退した。

痩せた浪人は、奪った大刀の刀身を見つめて、

「ふーん……気の毒だが、これは鈍刃だな。蠅叩きの代わりぐらいしか、務まらん」

「何だとっ」

右側の浪人が、血相を変える。

「そう怒るな」と痩せた浪人。

「浪人なんてものは、盗み食いで店を追い出された丁稚小僧よりも、始末が悪いんだぞ。潰しのきかない、世間の厄介者だ。武士の意地なんてものはさらりと捨てて、肩肘張らずに、適当に生きてゆく方が楽だぜ」

「言うなっ」

頭分と左側の浪人が、斬りかかって来た。

一呼吸遅れて、右側の浪人も、脇差で斬りかかって来る。

だが、しかし、

「ほりゃ、はっ、ほれっ」

痩せた浪人は、峰を返した大刀を、三人の右肩に次々に振り下ろす。

「ぎゃっ」

「げっ」

「わあっ」

　肉を潰され、骨を砕かれた三人は、剣を取り落とした。

「残念だが、その肩は治らんよ――」

　借り物の大刀を、右側の浪人の前に放り出して、痩せた浪人は、店の中へ戻った。

　土間の隅の自分の卓へ座ると、銚子を取り上げる。

が、猪口(ちょく)に落ちた酒は、一滴だけだった。

「ちっ」

　しかめっ面(つら)で、空(から)になった銚子を睨みつけていると、

「どうぞ」

　目の前に、別の銚子が突き出される。

　見ると、羽織袴姿の中年の武士であった。

「いいのかね」

「ちょうど、飲む相手が欲しかったところなので」

「すまんな」

にんまりと笑って、痩せた浪人は、猪口を持ち上げる。

その武士は、浪人の猪口に、なみなみと酒を注いでやった。

きゅっと猪口を空けた浪人は、

「うーん、いい酒だ。俺が頼んだやつより、上物だな」

蕩(とろ)けそうな顔つきになる。

「よろしければ、もう一献」

「では、お言葉に甘えて」

遠慮なく、酒を注いで貰う浪人だ。

「――大村千石(せんごく)殿ですな」

その武士は、静かに問うた。

痩せた浪人は、口元に運びかけた猪口を、ぴたりと止める。

弛緩(しかん)していた表情を、きっと引き締めて、

「他人に名を尋ねる時は、先に名乗るべきじゃないかね」

眠そうな酔眼は、瞬時に、醒めたそれに切り替わっている。

「これは、ご無礼を」

相手の武士は、軽く頭を下げて、

「旗本の五十川刑部が家来で、加藤茂太郎と申す」

「加藤さんか」

痩せた浪人は猪口を干して、卓の上に置く。

「たしかに仰せの通り、俺は大村千石だ。貧乏御家人の倅に、いつかは大出世するように——と千石なんて名前をつけた親が、恨めしいぜ」

大村浪人は、色の褪せた小袖と袴を摘まんで、

「見てくれよ、この尾羽打ち枯らした姿を」

「しかし、江戸の悪党どもから、大村殿は一目置かれていると聞いたが」

「そりゃ、俺は剣を多少、使うからね。なまじの奴には、敗けないだろう。でも、年をとったら、どうなることか……酒毒が体中にまわって、寝たきりになるかもな」

「腕前のほどは、先ほど、拝見した」

相手の無駄口に取り合わずに、加藤は言った。

「百両で、如何か」

「ほう……」

大村浪人は、じっと相手の顔を見つめて、

「そいつは、相当に手強い（てごわい）のが的（まと）だね」

「斬って欲しい相手はいるし、その者は相当以上に強いが、それだけではない。我が殿は、ある大望を果たそうとされている。そのために、腕の良い護衛役が必要なのだ」

「――いつまで」

「え？」

意味がわからず、加藤は、大村浪人を見返した。

「まさか、たった百両で、この大村千石を死ぬまでこき使うつもりじゃあるまいな」

冗談めかした言い方だが、その口調には凄みがあった。

「まずは、一月（ひとつき）」

少し気圧（けお）されながら、加藤茂太郎は言う。

卑下（ひげ）と自尊心が入り混じった屈折した相手なので、無用な刺激をしないように、言葉の選び方が厄介である。

「もっと早く、十日もかからずに仕事は終わるかも知れぬ。そうしたら、その時に、また条件を相談する——ということで、どうだろうか」

「……よかろう」

大村千石は微笑んで、頷いた。店の親爺の方を向いて、

「おい、酒をどんどんつけてくれ。福の神が、ご到来したようだ」

第七章　好色代官

一

江戸から青梅村へ向かう十三里半の道を、上成街道と呼ぶ。青梅街道ともいう。内藤新宿を出て、中野、田無、小川、箱根ヶ崎、新町と来て、次が青梅だ。晴れ渡った空の下――青梅まであと一里という新町で、松平竜之介とお槙は、掛け茶屋に入った。

二人とも健脚なので、まだ未の中刻――午後三時くらいである。

「ほほう」

茶と団子を運んで来た婆さんは、男装で旅支度をしたお槙を、上から下まで眺めて、

「うん、これなら大丈夫。この婆が、太鼓判を押しますよ」

にっこりして、そう言ったのである。

「婆さん。太鼓判はいいが、一体、何が大丈夫なんだい」

「若い衆に見えるってことです。これなら、御新造様も、お役人の眼をすり抜けられるでしょう」

「ご、御新造様……」

竜之介の妻と間違われて、お槙は、ぽーっと赤くなってしまった。

竜之介に何度も抱かれて、自然と滲み出る女としての色香が、男装でも隠しようがなくなったのであろう。

「役人の眼というのは、何のことかね」

竜之介が、穏やかに老婆に尋ねた。

「おや、そのために、男の形をなさっていたのでは、なかったですか」

老婆は首を傾げてから、

「ご存じのように、次の青梅には、小宮領の代官所がございます」

「うむ。そうらしいな」

「今のお代官様は、五十川刑部様とおっしゃるのですが――」

老婆は、周囲を見まわして、声を落とす。

「これが、とんでもない色好みの御方で」

青梅のみならず、近在の村々からも美しい娘を集める。一夜の慰みものにするためだ。

それだけではなく、何と、夫のある女でも、かまわずに代官所に引き連れて来る——という。

そのため、自殺した女も、一人や二人ではないそうだ。

「それは言語道断な代官だな」

竜之介は顔をしかめた。

「それなので、この辺りでは、近頃は、女に男の格好をさせるのが流行っております。とにかく、代官所の女狩りの眼を逃れたい一心で」

「女狩りの好色代官か……」

竜之介は呟いてから、

「ところで、ちと尋ねるが、青梅には常光寺という寺があるかな」

「あります……いや、ありました」

困惑した様子で、老婆は言う。

「ん？」

「たしかに、常光寺というお寺はございましたが、二十年ほど前でございましたか、山崩れで呑みこまれてしまったのでございます」

まるで自分の責任であるかのように、申し訳なさそうに老婆は言った。

「山崩れに呑みこまれた……」

竜之介は、お槙と顔を見合わせた。

その時、西の方から野菜の駕籠を背負った初老の百姓が、駆けて来た。

「大変だ、女狩りのお役人が来るぞ。女は隠せ、娘も隠すんだっ」

「え、女狩りが」

老婆も、あわてふためく。

見ると、竜之介と背中合わせの形で、鳥追い女が奥の縁台に座っていた。

「お客さん、お客さん。早く、隠れなさいましっ」

そこへ、馬蹄の音も高らかに、三頭の馬が走って来た。羽織袴姿の武士が乗っている。

乗り手の三人は、掛け茶屋の前で馬を止めると、さっと飛び下りた。

最も長身の役人が、男装のお槙を見つめてから、奥の方へ目をやる。

「おい――」

鳥追い女の姿を認めて、長身の役人は、連れの二人に顎で指図する。

二人は無言で頷くと、掛け茶屋の奥へ入った。

「女、少し調べたいことがある」

「立て、早く立たぬか」

鳥追い女に向かって、二人の役人は、威圧的な態度で言う。

「お待ちください。わたくしは、ただの芸人でございます」

女は、おろおろと弁解した。

「三味線ひとつで、お関所も手形無しで通り抜け御免の稼業でございます。何かのお間違いでは、ございませんか」

「ええい、うるさい」

「芸人のくせに生意気な女だ」

二人は、鳥追い女の肩を掴んで、掛け茶屋の外へ引き出そうとした。

「——待て」

そう言ったのは、勿論、松平竜之介である。

「何だ、貴様はっ」

長身の役人が怒鳴りつけた。

「素浪人の分際で、小宮領代官所の大事な御用を邪魔する気かっ」

「ほほう」

竜之介は右手に湯呑みを持って、縁台に座ったままで、

「何時から、無辜の女人を捕らえて、好色代官に差し出すことが、大事な御用になったのかな」

「好色代官だと……」

長身の役人は、激怒の余り、大刀を引き抜いた。

「この無礼者がっ」

その大刀を振り下ろそうとした時、竜之介の右手の湯呑みが飛んだ。

役人の眉間に湯呑みが命中して、木っ端微塵になる。

「ぎゃっ」

その役人は、大刀を放り出して、仰向けに倒れた。脳震盪を起こしたのであろう。

「な、何するかっ」

「貴様、気でも触れたかっ」

鳥追い女を放って、二人の役人は、掛け茶屋の外へ飛び出して来た。大刀の柄

に手をかける。

「――」

竜之介は立ち上がった。

二人の役人に、冷たい眼差しを向ける。

「…………」

「…………」

役人たちは、竜之介の全身から発する闘気に気圧されて、狼狽えた。

「ま、まずは、田辺様を医者へっ」

「う……そう、そうだな」

二人は、倒れている田辺という上司を、馬の背に乗せた。

「命冥加な奴、覚えておれよっ」

捨て台詞を残して、三人は馬で去る。

「なんとも、見苦しい奴らだ」

苦い顔つきで、竜之介は言う。

「でも、竜之介様」お槙が言った。

「これで、青梅に入るのは難しくなったんじゃあ……」

「いや、構わぬ。こちらに非はないのだから、堂々と旅籠(はたご)に泊まるのだ」

竜之介がそう言った時、

「あの、お侍様」

奥から、鳥追い女が出て来て、

「危(あや)ういところをお救いいただき、ありがとうございました」

腰を折って頭を下げる。

「いや、礼を言われるほどのことはない。災難であったな」

「実は、わたくしも、青梅に大事な用事がございます。出来ましたら、ご一緒させていただけませんか」

「それは良いが」

「助かります、わたくし、蘭(らん)と申します」

団子屋の孫平(まごへい)の死骸に向かって、羅倮(らら)と名乗った女は、そう言って微笑した。

二

「そんなに震えることはないぞ、ふふふ」

寝間着姿の五十川刑部は、舌なめずりしながら若い娘に迫った。

「代官のわしが、百姓娘のお前に男の味を教えてやろうというのだ。ありがたく思うがいい」

蝦蟇（がまがえる）に酷似した醜貌（しゅうぼう）に、色欲を剥き出しにして、刑部は勝手なことを言う。

そこは――青梅宿にある小宮領代官所、その寝間であった。代官所の敷地は、二千坪以上もある。

「お許しを、お許しを……」

その娘は、座敷の隅に追いつめられていた。

右の乳房を剥き出しにされたまま、娘は蓑虫（みのむし）のように手足を固めて、必死で首を横に振る。

「あまり手間をかけさせるな、これ」

刑部が襲いかかろうとした、その時、

「わあっ」

悲鳴とともに、襖（ふすま）が破られて、家来の一人が寝間に転げこんで来た。

「ば、馬鹿者、何をしておるっ」

刑部が怒鳴りつけた時、若竹色の着流し姿の武士が、姿を現した。

「五十川刑部だな――」

「無礼な狼藉者め。ここを、どこだと思っておるかっ」

「黙れっ」

松平竜之介は、雷鳴の如く一喝した。

「将軍家の直参たる旗本が、小宮領代官の役目にありながら、多くの女人を掠って来て、代官所内で弄ぶなど、言語道断。刑部、今すぐ、潔く腹を切れ」

「何を偉そうに、素浪人の分際で」

刑部は目を剝いて、喚く。

「者ども、この戯けを生かして帰すな。膾斬りにしてやれっ」

「ははっ」

その命令に応えて、家来たちは抜刀した。

「此奴っ」

「ゆくぞっ」

二人の家来が、竜之介に斬りかかる。

が、耳を劈くような異様な金属音とともに、彼らの大刀は鐔元から割り折られた。

折られた刀身が吹っ飛んで、天井や柱に突き刺さる。

竜之介が、目にも止まらぬ迅さで抜刀して、相手の剣を鐔元から打ち割ったのであった。

天井に突き刺さった刀身は、自重で落下する。刑部の鼻先を掠めて、畳に突き刺さった。

「ふぎゃっ」

血の滴る鼻先を両手で押さえて、刑部は、腰を抜かしてしまう。

「殿っ」

「お代官っ」

あわてて、数人の家来が、刑部に駆け寄った。

「──皆の者、よっく聞け」

竜之介は、静かだが強い口調で言った。

「わしの名は、松平竜之介」

「ま、松平……？」

刑部たちは、怪訝な顔つきになる。

松平姓は、徳川将軍家の一族か、公儀から許された者しか、使えないのだ。

「元は遠州　鳳(おおとり)藩十八万石の嫡子で、故あって弟に家督を譲り、今は若隠居の身だ。そして、我が妻の桜姫は、上様の末娘である」

「…………」

しばらくの間、竜之介の言葉が理解できず、刑部たちは固まったようになっていた。

が、刑部は、

「え――――っ！」

文字通り、蝦蟇のように跳びはねると、庭に転げ落ちるようにして、そこで土下座する。

一瞬、遅れて、家来たちも、それに続いた。

座敷の隅の娘も、あわてて庭へ降りようとしたが、

「そのままで良い。待っておれ」

優しく、竜之介は娘に話しかける。

娘は、こくりと頷いてから、急いで襟元を直して乳房を隠した。

「う、上様に繋がる御方(おんかた)とは存ぜず……数々の無礼の段、ひらにご容赦をっ」

刑部は、ほとんど泣き声になって、額を地面に擦りつけた。

何しろ、現将軍の末姫の婿を殺そうとしたのである。

この場の全員が軽くても切腹で、下手をすると一族郎党まで罪を問われるだろう。

竜之介は、夕焼け空の下で土下座している一同を眺めて、

「刑部」

「は、はいっ」

「江戸へ四人の家来を送って、女髪結いのお兼を殺させたのは、何のためだ」

「はて……何のことでございましょう」

蝦蟇面の刑部は、首を捻る。

「知らぬと申すのか」

「たしかに、御公儀への報告のために、加藤茂太郎以下四名を江戸へ派遣いたしましたが……女髪結いとかは、わかりかねます」

「――申し上げます」

刑部の左側に平伏していた家来が、顔を上げて、「わたくしめは、五十川家用人の伊庭弥右衛門でございますが」

「うむ。言いたいことがあるなら、申せ」

竜之介は、発言を許可した。

「はい」

弥右衛門はお辞儀をしてから、

「加藤茂太郎は常日頃より、素行甚だ宜しからず。もしも、悪行に手を染めましたのなら、おそらく、遊興の費用を得るために、誰かに頼まれたのではないでしょうか。他の三名は分け前を貰って、それに引きずられたのかも……無論、その場合であっても、上司として、五十川刑部に責任があることは、当然でございますが」

「ふうむ……」

伊庭用人の言うことは、それなりに筋が通っていた。

ここで聖炎教団の名を持ちだしても、刑部たちに知らぬと否定されれば、それまでである。

竜之介は、掠われて来た娘の方を見た。この娘の前で、あまり重要な話をするのも、どうかと思われる。

「そなた、名は」

「……稲と申します」

「家は近いのか」

「千ヶ瀬村で……玉川の近くでございます」

「そうか」

竜之介は、一同を見まわして、半白髪の実直そうな家来に目を止めた。

「その方、これへ」

「は――」

急いで、その家来は、竜之介の前へやって来た。

「名を申せ」

「西村佐兵衛にございます」

「では、佐兵衛に申しつける。この稲という娘を、無事に千ヶ瀬村の家まで届けるように。この松平竜之介が、きっと申しつけたぞ」

「ははっ」

佐兵衛は叩頭(こうとう)した。

竜之介は、娘に向かって、

「心配することはない。決して無法な真似はさせぬから、家へ帰るがよい」

「ありがとうございます」

お稲は両手をついて、頭を下げた。

二人が去ると、竜之介は、刑部たちに向かって、

「その方らの処遇については、追って、目付から沙汰があろう。それまで、この屋敷で謹慎しているがよい」

「はっ」

「重ねて申すが、無法は許さぬ」と竜之介。

「この上、女たちの口封じなど企んだら、罰がさらに重くなると知れ。よいな」

「はは――っ」

一同は、地面に額を擦りつけた。

三

松平竜之介が、小宮領代官所の表門から出て来ると、そこに、鳥追い女のお蘭が立っていた。三味線は持っていない。

「お槙と一緒に、宿に残っておれ――と申したはずだが」

多摩郡三田領の青梅宿は東西十五町、十軒の旅籠（はたご）がある。

青梅宿に着いた竜之介たちは、〈高田屋〉という旅籠に泊まった。そして、お槙たちを残して、竜之介は代官所に乗りこんだのである。

「申し訳ございません」

お蘭は頭を下げて、詫びた。

「そこの延命寺に、用があったものですから……」

「そういえば、青梅に大事な用があると申していたな」

「はい……わたくしの師匠にあたる人が、青梅で行き倒れになり、延命寺に葬(ほうむ)られたと聞きましたので」

しんみりした口調で、お蘭が言う。

鳥追い女のような芸人のみならず、一般の旅人も、行き倒れになった場合は、地元の寺に埋葬される。

芸人の場合は、無縁仏として、共同の墓に葬られた。

「なるほど、その墓参りか」

竜之介は頷いて、

「では、一緒に参ろう。代官たちには厳重に釘を刺して来たが、そなたを一人にするのは剣呑(けんのん)だし、わしも少し用がある」

夕暮れの下、二人は連れ立って、住吉山延命寺に向かって歩き出した。

「さっき出て来た娘さんは、竜之介様のことを神仏のような方だと言って、感激して泣いていました」

「わしは生きた人間で、自分が出来ることをしたまでだ」

竜之介は苦笑する。

「この世には、数多くの不幸な人々がいて、それらの全てを救済するなど、到底、無理なことだが……せめて、一人でも二人でも、助けられる時は助ける。それが、人の道というものだろう」

「はい……」

お蘭は、竜之介の言葉に何か感じるものがあったらしく、俯いて黙りこむ。

延命寺に着くと、境内にいた寺男に墓地の場所を聞いた。

そして、お蘭が無縁仏の墓に手を合わせるのを、竜之介は、石灯籠の脇で見ていた。

そこへ、住職らしい老僧が通りかかったので、

「御坊にお尋ねするが」

「はい。何でございましょう」

気楽な着流し姿だが、相手の人品骨柄から身分のある者と見て、老僧は丁寧に答えた。

「この青梅宿には、常光寺という寺があったと聞くが」

「ああ、ございました」と老僧。

「ですが、二十年以上も前に、大雨の後の山崩れに呑みこまれまして、今は跡形もございません。百体地蔵で有名な寺でしたが」

「百体地蔵……？」

竜之介は、緊張した顔になった。

老僧によれば――常光寺は、光顕上人によって、三百年近く前に創建された寺である。

百体地蔵というのは、乱世が鎮まり世の中が平和になるように――という祈りをこめた、素焼きの地蔵像であった。

「では、その百体地蔵は」

「残念ながら、寺と一緒に土砂に埋もれて……あ、いや」

老僧は思い出したように、

「四体だけは掘り返されたので、名主の太左衛門さんの屋敷に引き取られていましたな。太左衛門さんは、その四体を祀った地蔵堂を建てるつもりだったようです」

「つもりだった?」

「どうにも、悪いことは重なるもので」

老僧は、悲しげに頭を振った。

「盗人が押し入って、庄屋一家も奉公人も皆殺しにされてしまいました。それはもう、無惨なことで。火までかけられて、四体の地蔵は、焼け跡からは捜しようもありませんでしたな」

「ひょっとして——」

竜之介は、懐から絹布に包んだものを取り出して、それを開く。

「これではないかな」

「おお、これこれ……無事でしたか」

赤地蔵を見た老僧は、顔を綻ばせたが、急に眉をひそめて、

「いや、形や造りは常光寺の地蔵にそっくりだが……この色は何でしょう」

常光寺に置かれていた時は、こんな不気味な色ではなかった——と老僧は言う。

竜之介は老僧に礼を言って、墓参りを終えたお蘭とともに、延命寺を出た。

「さあ、宿へ戻るぞ。お槙が心配して、待っているだろう」

「はい……」

沈んだ様子で、お蘭は言った。

四

「松浦…いや、松平竜之介が、ここへ乗りこんできたのですか」

夜になって、江戸から戻って来た加藤茂太郎は、小宮領代官所で用人の伊庭弥右衛門から話を聞いて、驚愕した。

「ううむ……奴が、将軍家に繋がる者であったとは」

「これで、あの者たちの力を借りて、わしが側用人となる夢も消えたわ。改易で済めば、まだ、ましな方だ」

蝦蟇面を歪めて、自棄酒を飲む五十川刑部であった。鼻の頭には、膏薬を塗った紙を貼っている。

「わたくしどもは、放逐ですか」

「運が良ければ、な」と伊庭用人。

「悪くすれば、殿と並んで切腹だよ」

げっそりとした表情の伊庭用人である。

すると、座敷の隅から、くくく……という笑い声が聞こえてきたので、加藤たちは、その方を見た。

「大村殿、何が可笑しいのだ」

そこに座っているのは、江戸で加藤に雇われた大村千石である。

「いや、なにね」と大村浪人。

「貴公たちが存外、お人好しなので、つい笑ってしまったのだ。気に障ったら、勘弁してくれ」

「お人好しとは、どういうことだっ」

五十川刑部が、気色ばむ。

「そうではないか。松平某とかいう若造が単身、乗りこんできたくらいで、そんなに狼狽えていたら、どんな壮大な悪事も成就するわけがない」

「相手は、上様の愛娘の婿だぞ」

叱りつけるように、伊庭用人が言う。

「それがどうした」大村千石は嗤った。

「そいつは羽織袴ではなく着流し姿で、供も連れず、いきなり、代官所に乗りこんで来たのだろう。たとえ本物だとしても、騙り同然ではないか」

「それは……」

加藤茂太郎は絶句した。

「いいかね。浪人の俺が言うのも何だが――武士の世界には作法というものがある。それなりの身分の者が、代官所に来訪するのであれば、最低でも、その前に先触れの家来が来て、誰それが斯様な次第で代官に面談したい――と告げるものだ。そうだろう」

「確かに」

刑部、伊庭、加藤は、顔を見合わせて頷き合う。

「正式の作法手順を踏まずに、代官所に乗りこんで来た者は、本物であっても騙り扱いして構わない。そうは思わぬか」

「理屈はそうだが……」

加藤は、遠慮がちに反論しようとすると、

「講釈師に聞いた話だが」

大村浪人は語り出す。

「昔――南町奉行の大岡越前が、まだ山田奉行だった頃、禁漁の場所で魚を捕った武家の若者がいた。まだ世子になる前の、徳川吉宗公だ」

「……」

「大岡越前は吉宗公を捕らえて、白洲に座らせた。吉宗公は、自分は紀州徳川家の子だ――と言いはったが、大岡は偽者扱いした。本物の紀州家公子ならば、殺生禁断の場所で漁をするはずがない――と言い返してな。吉宗公は、何も言えなくなったそうだよ」

「……」

「後年、八代将軍となった吉宗公は、大岡を呼び出し、自分を公平に裁いたことを褒めて、南町奉行に任命したそうだ」

とんでもない例を持ち出す、大村浪人であった。

「つまり……我らに、どうしろというのだ」

加藤は訊いた。

「始末しろ」

「え」

「その松平竜之介という奴が邪魔なら、始末すれば良いのだ――偽者としてな」

「――――」

大村千石の言葉に衝撃を受けた刑部たちは、黙りこんだ。

「始末したら、着物も何も剝ぎ取って丸裸にし、全て焼却する。どんな値打ちものでもだ。そして、死体の方は深山に埋めてしまえ」

大村浪人は、蒼ざめた刑部たちを眺めて、

「中途半端に、一尺や二尺の深さに埋めては、いかんぞ。山犬などの獣が屍臭を嗅ぎつけて、掘り返してしまう。最低でも一間、出来れば一間半か二間の深さに埋めるのだ。そうすれば、死体は自然に土に帰る」

「もしも、公儀から問い合わせがあったら……」

伊庭用人が、訊いた。

「そういう気触れ者が代官所に押し入ったが、追い出した、後のことは知らぬ――と突っぱねるのだ。非は、作法を守らなかった方にあるのだから、あくまで、知らぬ存ぜぬで押し通す。悪事というのは、中途半端が一番いかんのだ」

大村千石は、大胆に言い放った。

「大体、貴公らは、改易や放逐で済むのを期待しているのだろうが、もし、切腹と決まったら、どうする。その場では、何の抵抗も出来ないのだぞ。だったら、死人に口なし――松平竜之介を始末して、貴公らの大望とやらを立派に成し遂げるのだ」

「ううむ……」

五十川刑部、伊庭用人、加藤茂太郎の三名は額を付き合わせて、相談した。

大村浪人は、のんびりした様子で、結論が出るのを待っている。

「――わかった」

加藤茂太郎は、大村千石の方へ向き直った。

「我らも覚悟を決めた。大村殿、松平竜之介を斬ってもらいたい」

「だったら」と大村浪人。

「青梅では、具合が悪いだろう。どこか、他へ誘い出せぬかな。どうだ」

第八章　受難の姉妹

一

「やれやれ、お前さんたちは脚(あし)が速いな。駕籠を乗り継いでも、追いつくのに苦労したよ」

いきなり、そう言いながら、旅籠(はたご)〈高田屋〉の部屋に入ってきたのは、弟子田(でしだ)楼内(ろうない)であった。

ちょうど、三人分の夕餉(ゆうげ)の膳が、部屋に運ばれてきた時である。

「これは楼内先生、こんなところまでお越しとは」

松平竜之介(たつのすけ)は驚いて、

「何かありましたか」

「いや、赤地蔵(あかじぞう)に関わることで、思い出したことがあったのだ」

楼内は、お槙とお蘭に目で挨拶してから、

「で、竜之介殿の家を訪ねたら、近所の婆さんが青梅へ行ったと教えてくれた。あの婆さん、若い頃は、ちょいとした美人だったろう…いや、それはどうでもいい。それを聞いて、患者は弟子に任せ、竜之介殿を追いかけて来たわけじゃ」

老医師が竜之介の隣に座ると、お槙が自分の膳を持って来る。

「まだ、箸をつけておりませんので――」

そう言って、部屋を出て行った。追加の膳を頼みに行ったのだろう。

まるで、新妻のような甲斐甲斐しさであった。

膳には一本ずつ、銚子がついている。

竜之介は、自分の膳の銚子を取り上げて、

「先生。まずは、駆けつけの一献を」

「おう、これはありがたい」

弟子田楼内は、竜之介に注がれた酒を、旨そうに飲み干した。

「さて、竜之介殿――三州に正林寺という寺がある」

「はい」

「その正林寺の地蔵堂には、千体骨地蔵というものが納められておってな」

「千体骨地蔵……」

 おどろおどろしい名称だが、実態は、それほどでもない」

 鎌倉幕府の頃――建久八年、源頼朝は、厨子を背負って念仏を唱えながら、鎌倉の町を歩く二人の若者の噂を聞いた。

その二人を館に招き入れて、事情を聞いてみると――一人は、芦屋浦の合戦で源氏に敗れて、鎌倉の土牢に入れられた平氏の将軍・原田太夫種直の子・花若丸。もう一人は、その家臣の荒岡源太左衛門の子・藤王丸であった。

二人が芦屋浦へ行ってみると、砂浜には、源氏のものとも平氏のものとも知れぬ、将兵の砕けた遺骨が散乱していた。

二人は、両軍の戦死者の霊を慰めるために、遺骨を集めて細かく磨り潰し、それを泥に練りこんで、小さな地蔵像を焼き上げたのである。

その数――まさに千体。

花若丸と藤王丸は、二つの厨子に千体の骨地蔵を納めて、牢内にいる原田種直の代わりに自分が入牢すべく、鎌倉まで来て、町中を歩きまわっていたのだ。

花若丸の孝心と藤王丸の忠心に感激した頼朝は、原田種直を赦免してやった。

そして、原田親子と藤王丸は、頼朝に与えられた三河国の足助の庄に、移り住んだのである。

そして、種直の妻の栄耀は、仏門に入って栄陽尼となり、花ヶ崎に正林寺を建立して、千体の骨地蔵を納めたのであった。

正林寺の本堂の天井には今も、花若丸と栄耀、藤王丸の姿が描かれている……。

「わしは薬草を求めて日本中を旅している時に、正林寺に立ち寄って、その千体骨地蔵尊を見せて貰ったことがあった。いやはや、どうして、それを忘れていたのか……」

頭を掻く、楼内であった。

「その千体骨地蔵と、この赤地蔵が――」

「よく似ている。あちらも、三寸くらいのもので、素人が作ったものだから、まことに素朴な造形でな」

「実は、楼内先生」

竜之介は、酌をしながら、

「この赤地蔵も、百体地蔵の一部らしいのです」

「百体地蔵だと？」

竜之介は、延命寺の老僧に聞いた話を、楼内に説明した。

「ふうむ……それなら、赤地蔵は百体地蔵の一部に間違いあるまいが、元はこんなに赤黒くはなかった——というのが、よくわからんな」

その時、廊下から、「あの、御膳をお持ちいたしました」と声がかかる。

障子を開けると、追加の膳を持った女中と番頭が控えていた。

「まことに、お手数ではございますが」

女中が膳をお槙の前に置く間に、番頭が愛想良く言いながら、宿帳を差し出した。

「こちらにお一人様、増えられたということで、記帳をお願いいたします」

「——そうだ」と竜之介。

「番頭。少し、聞きたいことがあるのだが」

「へえ……？」

大きな目玉の番頭は、用心するような表情になって、竜之介を見た。

二

すでに夜だが、松平竜之介たちは旅籠(はたご)を出ると、提灯(ちょうちん)を下げて青梅宿の南にある千ヶ瀬村に向かった。

高田屋の番頭の話によれば、十九年前の名主屋敷の皆殺し事件の時に、一人だけ難を逃れた下男がいる——という。

その下男の吾作の家が、千ヶ瀬村にあるのだった。

一行は、竜之介にお槙、弟子田楼内、それにお蘭である。

お蘭には、「高田屋で待っておれ」と竜之介が言ったのだが、「一人でいるのは、怖いです」ということで、一緒に付いて来たのだった。

水路に架かる土橋の近くの家と聞いたので、お槙は、

「御免よ、御免よ」

板戸を軽く叩いて、声をかけた。

「今時分、どなたで」

中から、男の声がした。警戒している声であった。

「江戸から来て、高田屋に泊まっている者だが、番頭の忠助さんに聞いてきたんだ。吾作さんの家は、ここかね」

「忠助どんに？　——少し待ってくれ」

中から、がたぴしと音がするので、支え棒を外しているらしい。

そろそろと板戸が半分だけ開かれて、日焼けした中年の男が、顔を見せた。右手に、鉈（なた）を持っている。

外に四人もいるので、男は、びっくりしたらしい。

が、お槙が下げている高田屋の名前が入った提灯を見て、安心したようであった。

鉈を持った手を引っこめてから、その視線が竜之介をとらえると、

「あっ」

まさに、驚愕の表情になった。

「貴方（あなた）様さまは、ひょっとして……お稲（いね）を救ってくださったお侍様では？」

「おお、ここはお稲の家なのか」

小宮領代官所で、五十川刑部（いそかわぎょうぶ）に凌辱（りょうじょく）されそうになっていた娘の家が、ここであったらしい。

つまり、この男は、お稲の父親であろう。

男は、さっと家の中に引っこんだ。

「みんな来い、あのお侍様が、お来しになったぞっ」

「ええっ」

すぐに、お稲と母親、それに、よろよろと老爺が出て来た。七十過ぎと見える老爺が、吾作らしい。

家族四人で頭を下げながら、口々に、竜之介に対して礼を述べる。

「無事に家へ戻れて、何より」竜之介は頷いて、

「それで、吾作に少し尋ねたいことがあるのだが」

「へい。親父はちょっとばかり耄碌しておりますが、何でもお尋ねになってくだせえまし」

父親の吾助が言った。

「そなたは昔、名主の太左衛門の屋敷で、下男を務めていたのだな」

竜之介が、穏やかな口調で尋ねると、

「へい」

白髪が薄くなった吾作は、ぺこりと頭を下げる。

「それで十九年前の事件のことだが……そなたは、他出していたと聞くが」

「へい……旦那様の言いつけで、三里半ばかり先の拝島へ行っておりました。帰りがかなり遅くなって……そしたら、屋敷が燃えていて……」

吾作老人は涙ぐんだが、記憶はしっかりしているようである。

「それは、さだめし辛かったであろう」

「へい……へい……」

吾作は手拭いで、目頭を押さえる。

「ところで、名主は、山崩れで埋もれた常光寺にあった百体地蔵——そのうちの四体を持っていたそうだな」

「……」

急に、吾作の表情が強ばった。

「その地蔵というのは、これだろうか」

竜之介は、懐から出した赤地蔵を見せる。

「……」

赤黒い地蔵を見て、吾作は、ますます表情を固くした。

「親父、お侍様がお尋ねだぞ。しっかり答えんと」

脇から、吾助が言う。

「おら……知らねえ」

吾作は、そっぽを向いてしまった。

「知らねえってことがあるもんか。親父は昔、いつも、お屋敷でお地蔵様を拝んでいる——と言ってたでねえか」

「知らねえったら、知らねえだ」

竜之介に背を向けて、吾作は言う。

「いい加減にしろ、この耄碌親父めっ」

吾助は激怒した。

「この御方を誰だと思う。お稲が、お代官様に手籠にされるところを救ってくださった、わしらにとって大恩ある御方だぞ。手足を斬り落とせと言われても、喜んで差し出すくらいの恩義があるんだ。何でも隠し立てせずに、お答えすりゃいいんだよっ」

「義父さん……あたしからも、頼みます」

母親のお松が、頭を下げる。

「爺ちゃん。お侍様に、答えてあげて」

お稲も、涙ぐんで言った。

「知らねえったら、おら、なんにも知らねえよう……」

家族に責められて、吾作老人は、おいおいと泣き出した。

「まあ、まあ、みんな——」

黙って成行きを眺めていた弟子田楼内が、吾作の脇に来て、

「そんなに問い詰めたら、吾作さんも困るだろう。なあ、吾作さん。年寄りは、年寄り同士。あんたの気持ちは、わしには、よくわかるよ」

優しく言ったので、吾作は顔を上げた。

「あんたは見かけ通りの忠義者、そうだろう。名主の旦那様に言いつけられたら、十年でも百年でも、その言いつけを守る——あんたは、そんな人だ」

「へい……」

吾作老人は、嬉しそうに頷く。

「きっと、名主の旦那は、忠義なお前さんにだけ百体地蔵の秘密を打ち明けて、誰にも喋るなと言ったに違いない。そうだな」

「へい、その通りでございます」

あっさりと認めて、何度も頷く吾作であった。

竜之介は、そうであったのか——と楼内の弁舌に感心した。

「それでな。ここにおられる松浦…いや、松平竜之介様は、お前さんの大事な大事な孫娘が、代官野郎の毒牙にかかるところを助けてくださった、恩人だ」

「……」

「しかしじゃ。いくら大恩人の頼みでも、名主の旦那の言いつけに背くことは出来ん――お前さんは、そう考えてるわけだな」

「へい」

神妙に頷く、吾作老人である。

「それは、お前さんが正しい。名主の旦那の言いつけは、絶対だからな」

楼内が断言したので、竜之介たちは驚いた。

三

「――だがな、吾作さん」

声の調子を落として、弟子田楼内は説得を続ける。

「この赤地蔵を見てごらん。ただ焼いただけの土人形が、こんな色になるわけがない。そもそも、常光寺や名主屋敷に安置されていた時は、普通の色だったはずだ。それが、十九年前の事件の夜に、名主屋敷から盗み出されて、今は、こんな不気味な色になっている」

「………」

「これはな、凶兆だよ、吾作さん」

「え」

吾作老人は、目を見開いた。

「何か、とてつもなく悪いことが起こる前兆だ。昔から、夕焼けの色や海の色が変わったり、竹の花が咲いたりしたら、凶事が起こると言われてるじゃないか」

「………」

「竜之介様はな。私利私欲で、百体地蔵の謎が知りたいのではない。大災難が起こって、大勢の人たちが苦しんだりしないように、頑張っているのだ。お前さんの孫娘のような何の罪もない者が、無惨に殺されたりしないように、命を賭けておられるのだ」

楼内は、吾作の肩に手をかけて、

「そんな竜之介様に、百体地蔵の謎を打ち明けて、名主の旦那が怒ると思うかね。わしは、怒らんと思うな。もしも、名主の旦那が今も健在なら、喜んで竜之介様に秘密を打ち明けたと思う。竜之介様のご気性を信じて、な」

まさに、立て板に水の説得である。

「へえ……」

吾作は、松平竜之介の顔を見つめた。

「――――」

竜之介は澄んだ瞳で、老人を見返す。

吾作老人は、自分の膝に目を落としてから、

「……申し上げますだ」

ついに、心の扉が開かれたようであった。

「うむ。聞かせてくれ」

「百体地蔵は、常光寺の開祖の光顕上人様が、戦乱の世が終わるようにと祈念して作られた――ということになっております。が、それは建前なので」

「建前？」

「本当は……百体地蔵の中に、魔物が封じこめられておるのです」

「魔物……」

竜之介たちは、顔を見合わせる。

吾作老人の話によれば――三百年前、光顕上人は、奇怪な魔物と闘って、これを倒した。

そして、二度と復活しないように、その軀を焼いて、骨を砕いて磨り潰し、百

体の地蔵像の中に練りこめたのである。

　さらに、青梅の地に常光寺を建立して、百体地蔵を安置したのだった。

　代々の住職に、百体地蔵の謂れは口伝されたが、世間には「乱世の平定を祈願して」ということにしていた。

　そして、名主の太左衛門は、当時の住職の顕庵から、「わしに万が一のことがあった時のために」と、百体地蔵の真実を聞かされていたのだ。

　山崩れで亡くなった顕庵には、何か不吉な予感があったのかも知れない。

　さらに、太左衛門は、「もしもの時のために、お前にだけは話すが、誰にも言ってはいけないよ」と、吾作に真相を話していたのである。

　その太左衛門もまた、盗人一味のために、無惨な死を遂げてしまった……。

「なるほどなあ」

　弟子田楼内は嘆息した。

「吾作さんは、そんな重要な秘密をかかえて、今まで暮らしていたのか。さぞかし、辛かっただろうなあ」

「へい、それと――」

「ん？」

「何もかも打ち明けますが……屋敷の者で難を免れたのは、おらだけではございません。もう一人、おりますんで」

「なに、もう一人？」

「へい。事件の半月ほど前――山崩れのあった何日か後に暇を出された、女中のお芳さんです」

「ああ、そういえば、お芳さんて女中がいたっけねえ。可愛い顔した娘だった」

お稲の母のお松が、懐かしそうに言った。

「真面目な働き者だったのに、なんで暇を出されたんだろう」

「それがな……身籠もっていたんだ」

「え、名主様の子をか？」

吾助が驚いた。

「こら、馬鹿を言っちゃいけねえ。奥様のいる旦那様が、そんなことをするものか」

吾作は、目を剝いて怒った。

「だったら、誰の子供なの」

これは、お稲である。

「う、うむ……それが、顕庵様の子なんだ」

言いにくそうに、吾作は答えた。

「つまり――名主屋敷の女中だったお芳という娘が、常光寺の住職である顕庵の子を身籠もり、その住職が山崩れで亡くなったために、腹が目立たないうちに暇を出されたというわけか」

楼内が、内容を整理する。

「へい、そうです」と吾作。

「相当の金をつけて、江戸の親許へ帰したそうで」

「で、お芳は無事に出産したのかね」

「それが、旦那様方が亡くなって、有耶無耶になってしまって……お芳さんの親許を知っていたのは、旦那様だけなんで」

確かに、名主一家と奉公人が皆殺しにされて放火されるという大事件の後では、暇を出された女中のことなど、誰も思い出す余裕もなかったであろう。

「顕庵様も、そんな淫らな方ではなかったんですが……お芳さんの右の掌には、黒子がありまして。光顕上人の右手にも黒子があったと伝えられている――という話をしてるうちに、いつの間にか、二人は仲良くなってしまったらしいです」

「右の掌に、黒子か」

眉をひそめた竜之介が、確認する。

「へい。右の掌の真ん中に黒子があって、何でも、福星とかいうそうで」

「ふうむ……」

竜之介が、お槙の方を見ると、女御用聞きの顔は蒼ざめていた。

お槙の妹のお咲の右の掌にも、福星の黒子があるのだった。

四

「竜之介様、実は――」

お稲の家を出て、高田屋へ戻る道の途中で、お槙は言った。

「あたしとお咲は、血が繋がっていないんです。お咲は、後添えだった御母さんの連れ子なので」

「そうであったか」

「あたしの本当の御母さんは、産後の肥立ちが悪くて、亡くなったそうです。それで、御父つぁんは、勧める人がいて、後添えを貰いました。あたしが五つ、お咲は三つでしたから、何も覚えていないでしょう」

「そなたの義理の母親の名は」

「お利です。お芳とお利――似てますね」

「義母は、前の連れ合いのことを、そなたの父に話さなかったのか」

「死別だと言っていたそうですが……昔のことを知られたくない女は、みんな、そう言いますから」

寂しげに、お槙は笑う。

「義理の仲だけど、あたしには良い御母さんでした」

十九年前に妊娠していたお芳が、江戸の親許へ戻って生んだ子がお咲だとすると、年齢は一致する。

「お咲が、もしも、お芳の子だとして……待てよ」

竜之介は、ふと、思い出したことがあった。

「わしが、そなたの家を訪ねた時に、針売りの老婆が来ていた。何か、妙な感じがしたのだが……」

「そういえば、針売りに手相を観て貰おうとしたら、竜之介様がいらした――と、お咲は言っていました」

「手相か……右手の黒子を確かめようとしていたのでは」

「では、針売りの婆さんは、聖炎教団の仲間ですか」

お槙は、竜之介の袖を摑んだ。

「聖炎教団の鬼琉という女は、能役者の華阿弥に化けていた……老婆に化けていても、不思議はないな」

黒子の位置から、聖炎教団は、お咲を光顕上人の末裔だと考えたのではないか。

竜之介は立ち止まって、

「お槙。明日は早立ちで、江戸へ戻ろう。何やら、お咲の身が案じられる。取り越し苦労で済めば、それで何よりだ」

「はいっ」

お槙は頷いた。

「わしが一緒では遅くなるだろうから、二人で先に行ってくれ。わしは駕籠で、のんびりと帰るから」

弟子田楼内が言った。その後ろから、お蘭は、無言でついて来る。

旅籠〈高田屋〉に戻った一行は、二階の座敷へ入った。

お槙が、行灯を点すと、

「むっ」

竜之介が目を見開いた。

襖に大きな字で、こう書かれていたのだ——お咲は預かった、明日、檜原村の橘橋まで来い。

そして、襖に銀の簪が突き立てられている。

竜之介は、その簪を引き抜いて、お槙に見せた。

「間違いありません……御母さんの形見で、お咲の簪です」

震え声で、お槙は言った。

第九章　神戸岩

一

青梅宿から東南に向かうと、羽村宿がある。

この羽村宿から西へ、二宮、平井、伊奈と来て、五日市に至るのが、五日市街道だ。

青梅宿からは、五里半というところである。

この五日市の先に、浅間尾根に続く道があり、そこに檜原村があった。

檜原村の入口──南秋川に架かるのが、橘橋である。

高田屋の襖に残された脅迫文には、お咲を人質にとったから橘橋まで来い──と書かれていた……。

翌日の正午過ぎ──松平竜之介とお槙、弟子田楼内の三人は、伊奈から五日市へ向かって街道を歩いていた。

——鳥追い女のお蘭は、夜明け前に黙って出立していた。

律儀にも、自分の分の宿代を払ってのことである。

「あのお蘭さんは、不思議な人だったねえ」

お槙が呟くように言うと、竜之介が、

「どうやら、あの女は忍び者で、わしの命を狙っていたようだ」

「え」

お槙と楼内は、驚いて竜之介を見る。

「それがわかっていて、竜之介殿は、一緒にいたのかね」

「殺気はあったが、それが時々、薄れていた。一緒にいるうちに、お蘭にも、何か考えるところがあったのかも知れぬ……だから、黙って姿を消したのだろう」

「しかし、何処の手の者か」

「さて、わしも、あちこちに敵がいましたから」

苦笑する竜之介だった。

「それにしても、楼内先生。昨夜の吾作老人を説得して口を開かせた手腕には、ほとほと感心しました。見事な弁舌ですな」

「そうかねえ」

楼内は浮かない顔である。

「わしは、自分の弁舌が、あまり好きではない」

「え、どうして」

お槙が訊いた。

「あんな鮮やかに喋る人、生まれて初めて見ましたよ。よく、あんなに言葉が次々に出て来るな、と」

「あれはな、考えて喋っているのではない。考えなくても、勝手に言葉が流れ出てくるのだ、子供の時分から」

「それは凄いですよ」

「いや、凄いというか……巧言令色（こうげんれいしょく）少ないかな仁（じん）——というだろう。わしは時々、自分が生まれつきの詐欺師のように思えて来るのだ。この口の上手さで、何度も失敗し、作らなくてもよい敵を作ってしまったような気がする」

「しかし、楼内先生」と竜之介。

「昨夜は、先生の説得がなければ、あの老人は牡蠣（かき）のように口を閉ざしたままだったでしょう。さすれば、百体（ひゃくたい）地蔵のことも、お芳（よし）のこともわからなかった。わしは、大いに感謝しています」

「ふ、ふ」

楼内は笑顔を見せた。

「竜之介殿の口の上手さも、相当なものだな――」

伊奈宿で軽く昼餉を摂ったので、五日市宿を通り抜けて、三人はいよいよ、檜原村へ向かう。

「橘橋の手前には、たしか、小宮領代官所の口留番所があったはずだが」

「つまり、聖炎教団と五十川刑部たちが、そこで待っているのでしょう。そして、聖炎教団は、三百年前に光顕上人が退治したという魔物と、関わりがあるようです」

「奴らがお咲を掠ったのは、人質にして、赤地蔵を持っている竜之介様を誘き出すためだけど……それだけじゃないよね」

「うむ」

歩きながら、竜之介は頷いた。

「福星の黒子のことで、奴らは、お咲のことを光顕上人の子孫だと考えているらしい……何かするつもりだろうな」

お槇の心を慮って、魔物退治の復讐としてはお咲を殺すつもりではないか——

とは、さすがに言えなかった。

尾根道を進んで乙津村を過ぎると、ついに、口留番所が見えて来た。

その口留藩所の十間ほど先に、橋橋があるのだ。

二

口留番所の木戸は、柱間が九尺、板葺きの屋根は三間半である。

甲府側から敵が攻めて来る時のための、幕府側の監視拠点のひとつであった。

しかし——今、木戸は開かれて、平屋建ての番屋にも人の影は見えない。

「——」

松平竜之介たちは、東の木戸から入って、誰にも咎め立てされずに、西の木戸から出た。

曲がりくねった山道の先に、長さ十二間の橋橋がある。

横幅は八尺で、甲州街道の猿橋と同じように、橋脚は無く、両岸の絶壁から刎木を重ねて突き出し、中央で繋ぐという造りであった。

橋から十間半も下には、南秋川の流れが岩を嚙んでいる。

三人が、橋橋の中央まで来た時、西側の袂に山伏の一団が現れた。

三十名ほどの山伏たちの中央に、古風な壺折装束の鬼琉と大柄な曹源、そして、後ろ手に縛られたお咲がいた。

座禅転がしで処女を奪われ、臀の孔まで犯された鬼琉は、憎悪をこめて、竜之介を睨みつけている。

「お咲っ」

「姉さんっ」

姉妹は、互いの名を呼び合った。

すると、橋の東の袂にも、どこに隠れていたのか、二十名くらいの武士が現れる。

彼らは、襷掛けに袴の股立ちを取り、額に鉢金を巻いていた。槍や太刀を構えている。

中央にいるのは、小宮領代官の五十川刑部、用人の伊庭弥右衛門、家来の加藤茂太郎、鈴木治之助など。そして、雇われ剣客の大村千石もいた。

「どうだ、松平竜之介」

五十川刑部は、得意そうに言う。鼻の頭には、膏薬の紙を貼ったままだ。

「橋の両端は塞いだぞ。橋の下は渓流、どこにも逃げ場はない」

昨日、庭に土下座した時の醜態を忘れたかのように、刑部は胸を張る。

「袋の鼠というやつだ。観念して、赤地蔵を渡せっ」

橋の反対側に陣取っている曹源も、

「赤地蔵を渡さねば、この娘の命はないぞ」

お咲の首筋に宝刀を突きつける。

「――わかった」

竜之介は言った。

罠を承知で、お咲を救うために、ここまでやって来たのである。

刑部はともかく、鬼琉たちは、竜之介をあっさりと殺すはずがない。

圧倒的に不利な状況だが、そこが付け目であった。

「赤地蔵を渡すから、お咲を解き放て」

「よかろう――」

曹源が顎をしゃくると、髭面の山伏が橋を渡る。曹達という名だ。

竜之介は、曹達に絹布の包みを渡す。

曹達は包みを開いて、中身が赤地蔵であることを確認した。

「得心がいったら、お咲を返せ」

竜之介が言うと、曹源は嗤って、

「わしが手にしてからだ」

髭面の曹達は踵を返して、西の袂へ戻ろうとする――その時、彼の背中に、どこからともなく飛来した矢が突き刺さった。

曹源は声もなく、前のめりに倒れる。

そして、無数ともいえる弦音が、谷間に響き渡った。

「おっ」

「何事だっ」

驟雨のように、橋の両端に矢が飛来する。

聖炎教団の山伏たちや代官所の武士たちは、次々に倒れた。

「お槙、先生、伏せるのだっ」

赤地蔵を拾い上げると、竜之介は叫んだ。

二人を橋板に伏せさせると、大刀を抜く。

こちらに飛来した矢は、竜之介が、大刀で斬り落とした。

矢の雨がやんでから、わーっと喚声を上げて、喧嘩支度の無頼漢らしい男たちが橋の両側へ押し寄せて来る。

五十名を越している彼らの得物は、長脇差や竹槍などであった。矢を放ったのは、彼らなのである。

「敵だ、斬れ、斬ってしまえっ」

五十川刑部が叫ぶ。

「異教の輩だ、斬り払え」

曹源も叫んで、宝剣を抜く。

「殺せっ」

そう吠えたのは、黒雲一家の白虎のお永であった。

勇ましい男装の喧嘩支度で、隣に小男の善平もいる。

「投げ文で浪人野郎を青梅に誘き出し、ここで役者が揃ったんだ。皆殺しにして、お宝の赤地蔵を奪うんだよ」

浅草阿部川町のお新の家に、投げ文を入れたのは、このお永の差し金だったのだ。

斬り合いの中を駆け抜けて、お永は善平と橋を渡って来た。

「さあ、赤地蔵を貰おうか」

長脇差を振り上げて、お永は言う。

善平は、すっと脇へ移動した。

「むっ」

竜之介は反射的に、首筋を刃で庇う。

その刀身に、何かが当たって、お槙の目の前に落ちた。

「竜之介様、針だよ。そいつは、吹き針使いだっ」

「ちっ」

善平は、お槙に向かって、針を飛ばそうとした。

が、竜之介の剣が袈裟懸けに叩き斬る。

「ぐえっ」

血に染まった小男の軀は、橋板に叩きつけられた。

「善平っ」

お永が悲痛な声で叫ぶ。

「その方が大袈裟に長脇差を振り上げて、敵の目を引きつけ、その隙に脇から吹き針で急所を狙うという策だな。卑怯な」

竜之介は、冷たく言い捨てた。

「うるさいっ」

お永は、長脇差で斬りかかった。

竜之介は、それをかわして、

「なぜ、その方は、赤地蔵のことを知っていたのだ」

「ふん。知ってるのが当たり前さ」

お永は、悪鬼のような嗤いを見せる。

「何を隠そう、十九年前に青梅の名主屋敷を襲い、蔵の金を奪って皆殺しにした盗人（ぬすっと）一味は、あたしの亭主の重吉（じゅうきち）が頭（かしら）だったんだよ」

「何だと……」

「勿論、あたしも一味に加わっていた。そして、名主が大事にしていた四体の地蔵像を奪ったら、何と、翌朝には、気味の悪い赤黒い色になっていたじゃないか。仕方ないから、適当に叩き売ったのさ」

「なるほど……それでわかった」

竜之介は、深々と頷いた。

「わかったとは、何のことだい」

「赤地蔵になった理由だ。冷血無惨なその方の邪悪な心根が、地蔵像の中に封じこめられていた悪心を呼び覚まして、表面が血のような色に変じたのだろう」

「黙れっ」

お永は吠えた。

「あたしが一声かけりゃ、関八州から、これだけのごろつきが集まるんだ。赤地蔵をいただいて、お宝は、あたしたちのもんだっ」

さらに、竜之介に長脇差で突きかかろうとした時、お永の背を何かが貫いた。

「げっ」

それは、曹源が投げた錫杖であった。

胸の前から突き出した錫杖の先端を見て、お永は「くそ……」と呟いてから、欄干の方へよろける。

頭から欄干を越えて、女凶賊は、十間以上も下の渓流へと消えた。

「しまった、白虎の姐御が殺られたぞっ」

無頼漢たちは、浮き足だった。

それを見て、押され気味だった代官所勢や聖炎教団の山伏たちが盛り返す。

竜之介たち三人は、西の袂へ走った。そこに、お咲がいるのだ。

「近づくなっ」

　鬼琉が、宝剣の先端をお咲の喉にあてがった。

「松平竜之介、二刀を捨てるのだ」

「むむ……仕方あるまい」

　竜之介は、腰から大小を抜いた。

　曹徳（そうとく）という山伏が、それを受け取る。赤地蔵の包みもだ。

「ふふふ。ようやく、四体揃ったか」

　赤地蔵を曹徳から渡されて、鬼琉は満面の笑みとなる。そして、竜之介を睨みつけて、

「八つ裂きにしても飽き足らぬお前だが、まだ、大事な用事が残っている。我らと来るのだ」

「お咲を解き放つ約束だぞ」

「それは、石堂（いしどう）についてからだ」

　宗源が言う。

「石堂とは何だ」

「ついてくれば、わかる」

お咲を縛った縄を引いて、曹源は歩き出す。鬼琉もだ。

仕方なく、丸腰になった竜之介も、それに続く。

お槙と弟子田楼内も、竜之介に続いた。

と、いきなり、曹徳が二人を横へ突き飛ばした。

「あっ」

「わあっ」

崖っぷちから落下した二人の軀は、南秋川の流れに呑みこまれる。

「お槙っ、先生っ」

「姉さんっ」

竜之介とお咲が叫んだが、二人の姿は見えなくなった。

「何という真似をするのだっ」

竜之介は、曹徳を殴り倒そうとしたが、左右から宝剣を突きつけられる。

「あの二人には用がない。貴様も、逆らうなら容赦なく殺す」

冷酷な顔で、曹源が言った。

「だが、その前に貴様は、お咲の死を目撃することになるぞ」

「ぬぬ……」

腸が千切れそうになるほどの怒りだが、ここで暴れるわけにはいかない、竜之介であった。

こんなことになった以上、何としても、お咲だけは無事に江戸へ帰さねばならない。

「わかった、言う通りにしよう」

竜之介は、がっくりと肩を落とした。

「竜之介様……」

お咲は涙に暮れる。

「さあ、行くぞ」

まだ、橋橋の両端で斬り合いが続いていたが、鬼琉たちと竜之介は、急な尾根道を上って行く。

「これから、お前たち二人が、想像もしなかったものを見せてやるぞ。楽しみにしているがいい」

鬼琉は、邪悪な笑みを浮かべて言った。

三

「お医者さん、十手のお姉ちゃん、目を覚ましておくれよっ」

男の声を聞いて、お槙は目を開けた。

「あ、起きたね。良かった」

にこにこ笑っているのは、安吉少年である。

「ここ……どこ？　極楽？」

お槙は、のろのろと軀を起こした。

「極楽にしちゃ、殺風景ね」

そこは、小屋の中の板の間であった。

お槙と弟子田楼内は、囲炉裏の脇の板の間に寝かされていたのである。二人とも、衣服が濡れていた。

二人が山伏に南秋川に突き落とされてから、半刻ほどが過ぎている。

「殺風景ってことはないだろ、俺と爺ちゃんの家だぜ。この大嶽山で、炭焼きをしてるんだ」

安吉は不満そうに、下唇を突き出す。

平地がほとんどない檜原村では、昔から林業と木炭、養蚕が収入源であった。

天明年間の調べでは、檜原村の人口は、五百六十名ほどである。

「あら、ごめんね。そういえば、なかなか趣のある小屋だわ」

「ちぇっ、適当だなあ」

「あ、先生。しっかりして」

お槙は、楼内を揺り起こす。

「むむ……」

楼内が目を開くと、その前に巨狼が鼻先を突き出した。

「わっ」

楼内は驚いて、腰を抜かしそうになる。

「二人とも、太郎丸にお礼を言わなくちゃ駄目だぜ。南谷を流されていく二人を川から引っぱり上げたのは、この太郎丸なんだから。しかも、背中に二人を乗せて、ここまで走って来たんだ」

得意そうに、安吉は言った。

「もっとも、二人の落ち方が上手かったんだね。途中、崖にぶつかっていたら、五体は、ばらばらだよ。気絶して、水も飲まなかったし」

「そうじゃったのか……それは、すまん」

楼内とお槙は座り直すと、西比利亜狼（シベリアおおかみ）の太郎丸に向かって、丁寧に頭を下げた。

「ありがとうよ」

「ありがとうございます」

すると太郎丸は、頷くように頭を上下に動かす。

「ふーん、何だか、人の言葉がわかるみたいだな」

楼内は学者の目つきになって、巨狼を観察する。

「わかるさ、当たり前じゃないか」と安吉。

「太郎丸は、こんな小さい時から俺と一緒に育ったんだから、言葉くらいわかるよ」

「そうなのか」

興味深そうに、楼内は太郎丸を見た。

「だけど、あの曹源て偽（にせ）山伏が怪しげな術を使って太郎丸を騙くらかして、連れてってしまった。だから、俺は、太郎丸を取り戻すために、あとを追って江戸へ行ったんだよ」

安吉が曹源たちを偽山伏と呼ぶのは、彼らが修験道の行者ではなく、聖炎教団という邪教徒だからだろう。

「それで安坊は、竜之介様と出逢ったんだね」

そこまで言って、お槙は、はっと気づいた。

「お咲と竜之介様は、あれからどうなったんだろうか」

「それなら、爺ちゃんが、曹源たちのあとを尾行ていったから」

「人殺しを何とも思わぬ奴らだが、お前さんの祖父は、危なくないかね」

「爺ちゃんは炭焼きだけど、猟師もやってるんだ。何十年も、大嶽山や鋸山を自由自在に駆けまわって来たんだぜ。あんな奴らに、どうにか出来るもんか」

安吉は、笑い飛ばした。

「そうか。町の者の物差しで測っては、いかんのだなあ」

楼内は嘆息した。

すると、「安吉、帰ったぞ」という声がして、板戸が開かれた。

「橘橋の周りで斬り合ってた奴らは、ほとんど、息絶えたようだな――」

矢筒を背負って弓を手にした老爺が、土間へ入ってくる。

風雨にさらされた肌は渋紙のようで、吾作と同じくらいの年寄りだが、精悍な面構（つらがま）えであった。

「お、気がついたかね。わしは、この安吉の祖父で、五郎吉（ごろきち）という。安吉が江戸で世話になったそうで、礼を言います」

　頭を下げる五郎吉であった。

「とんでもない。わしら二人こそ、命を救って貰って」

「あの……お咲と竜之介様は、どうなりましたか」

　お槙が、気遣わしげに訊く。

「うむ」五郎吉は頷いて、

「二人とも、偽山伏どもに神戸岩へ連れて行かれたな」

「神戸岩……？」

　大嶽山の南の渓谷に、異様な巨岩がある。

　高さが百メートル。赤井川を挟んで、沢の両側に切り立った岩があるのだ。

　あたかも、石の扉が半開きになったような神秘的な形状なのである。

　神の住む異世界への扉のように見えることから、これが、〈神戸岩〉と名づけられたのだ。

「前から不思議に思ってたんだが、神戸岩の南側の奥に、どうも洞窟があるようなんだ。あの二人は、そこへ入って行った」

「その洞窟の奥に、聖炎教団の本拠地があるのかね」

「聖炎教団？　ああ、偽山伏は、そういう名前なのか。道理で、よく、火を尊んでるようだな」

五郎吉老人は少し考えて、

「確かに、十数人も入って行ったから、洞窟の奥が本拠地といえば、そうかも知れんね」

「そこへ、連れて行ってくださいっ」

叫ぶように、お槙が言う。

「二人とも、あたしの大事な人なんです。お願いっ」

お槙は、板の間に頭を擦りつけた。

「ははは。手を上げてくれ」と五郎吉。

「勿論、案内してあげるよ。わしらのお山を、あんな奴らの好き勝手にさせてはおけんからな」

四

十八娘のお咲は、全裸にされていた。松平竜之介も、下帯（したおび）すら奪われた全裸である。

二人がいるのは、神戸岩の南側から入る洞窟の奥――天然の大空洞であった。

おそらく、位置的には、鞘口山（さやくちやま）の中尾根の真下であろう。光苔（ひかりごけ）のせいで、洞窟内は明るい。

その大空洞に、高さも奥行きも幅も十メートルほど、立方体に近い形の巨岩があるのだ。

人の手が入ったもので、左側に石段が刻まれている。

摂津国の生石（おうしこ）神社にある、〈石の宝殿〉に似ていた。

そして、天辺の中央に、片仮名の〈コ〉の字のような形状の、頑丈な木製の器具が据えられていた。

お咲は、両膝が乳房に接触するような格好で、この器具に拘束されている。

両腕も上の方に伸ばされて、器具に革帯で縛（しば）りつけられていた。両方の足首も、器具の上に縛りつけられている。

　つまり、全裸のお咲は、桜色の秘部も緋色の後門も何もかも剝き出しの格好にされているのだった。

　しかも、彼女の前には、全裸の竜之介が立っている。竜之介も、両手首を器具の上部に縛りつけられていた。

　そばには、鬼琉と宝剣を手にした曹源が立っている。

「さあ、竜之介。私を無理矢理に犯したように、この生娘のお咲と交わるのです。その破華の血と大量の男の精が、漏斗に流れ落ちるように」

　見ると、お咲の臀の下には、漏斗のような孔が開いていた。

「我らは、山崩れのあとを密かに掘り返して、九十六体の地蔵像を回収した。そして、今、赤く色変わりした四体の地蔵も揃った。その百体地蔵は、この石堂の内部に納めてある」

　曹源が、昂ぶりを抑えきれずに言う。

「絶倫巨根の若者と生娘――それも、光顕坊主の血をひく乙女が交わり、その血と精が百体地蔵に注がれれば、三百年前に滅ぼされた焔鬼様が甦るのだ」

「焔鬼だと」

「この世を浄化の焔で焼き尽くしてくださる、至高の御方だ」

つまり、光顕上人が滅ぼした魔物というのが、その焔鬼なのであろう。

「焼き尽くされたら、その方らも死ぬでないか」

「我らは死んでも、浄土となった日の本で甦る。永遠に幸福で尊い存在として、な」

「それは邪教だ」

曹源の拳が、竜之介の頬を殴りつけた。

「男のものを、お咲の秘処に挿入せねば、二人とも殺す。お咲は、生きたまま秘処を抉り取る」

冷酷な口調で、曹源は言う。

お咲が、「ひっ」と息を呑んだ。

「……わかった。わかったから、お咲に酷い真似はするな」

「よし――」

鬼琉はしゃがみこむと、だらりと垂れ下がった竜之介の男根を横咥えにした。

しゃぶりまくると、若々しい男根は隆々と猛り立つ。

「さあ、犯すのです」

鬼琉は、両手で巨根を摑み、お咲の秘部にあてがった。そこには、潤滑油が塗りつけられている。

「許せ、お咲」

「いいえ。竜之介様になら……あたし、喜んで操を捧げます」

頰を紅潮させて、お咲は愛の告白をする。

「お咲――」

覚悟を決めて、竜之介は腰を進めた。

「……………アアっ!!」

悲鳴を上げた十八娘の処女の肉扉を突き破って、巨根の半ばまで、花孔に没する。

「それ、早く吐精せよ」

鬼琉は、竜之介の腰を押して、抽送運動をさせる。異常すぎる状況の中で、お咲は喘ぎ、竜之介の快感は高まって行った。

ついに、竜之介は怒濤のように射精した。

奥の院にぶつかった白い溶岩流は、逆流して、結合部から溢れる。破華の血が混じっていた。

どろどろの聖液が、漏斗に流れ落ちる。

「おお、この量だ。これだけ大量の精を放つことの出来る者は、他にはおらぬっ」

鬼琉は狂喜した。立方体の石堂の周囲にいた十数人の山伏たちも、大歓声を上げる。

「――――」

曹源が、目で合図をした。鬼琉も、無言で頷く。

竜之介の背後にまわって、鬼琉は、その腰を後退させた。

ずぼっと男根が、十八娘の肉壺から抜け出す。大量に吐精しながら、まだ、七分勃(だ)ちの状態であった。

「焔鬼様に、若人(わこうど)の血を捧げますっ」

曹源はそう叫んで、宝刀で竜之介の男根を斬り落とそうとした。

が、その時、曹源の右腕は、肘の部分から切断されて、吹っ飛ぶ。

「お前はっ⁉」

驚愕した鬼琉の頚部が、すっぱりと何かに斬り裂かれた。その頭部が、下に落ちる。

倒れた鬼琉の首の切断面から、大量の血が流れ出て、漏斗へ吸いこまれてゆく。

「お蘭っ」

竜之介は驚いた。

黒い忍び装束を纏（まと）ったお蘭が、そこに立っていたのだ。髪の毛のように細い鋼（はがね）の線――銀糸斬（ぎんしざん）で、曹源の右腕や鬼琉の首を切断したのである。団子屋の孫平（まごへい）の右手や喉も、これで斬ったのであった。

お蘭は、竜之介とお咲を拘束している革帯を、忍び刀で斬りながら、

「あたしは、黒脛巾組（くろはばきぐみ）の頭領、呀陀羅（がだら）の娘の羅倮（らら）。お前に、こんなところで死なれるわけにはいかない。父の仇討ちに、お前は、あたしが殺す」

「是非もない……日と場所を変えて、お相手しよう」

呀陀羅を斬ったのは、尾張柳生の刺客・比留間隼人（ひるまはやと）だが、復讐者（ふくしゅうしゃ）に対して、そんなことを指摘しても無意味であった。

「ほらよ」

羅倮は背負っていた大刀を、竜之介に渡した。

「あたしが助けるのは、ここまでだ。必ず生き延びて、あたしの刃（やいば）で死ぬ日を待てっ」

そう言って、羅倮は石段を駆け下りた。向かって来る山伏は、忍び刀で斬り倒

す。

「お咲、立てるか」

「は、はい……」

竜之介の手を借りて、全裸のお咲は立ち上がった。

その時、倒れていた曹源が、左手で宝刀を掴んで、立ち上がる。

「逃さぬぞっ」

右腕の切断面から血を流しながら、曹源は竜之介に斬りかかった。

が、それより早く、竜之介の剣が一閃する。

曹源の左腕が、付根から切断されて、吹っ飛んだ。そして、曹源は勢い余って、石堂の縁から下へ落ちる。

曹源の頭蓋骨が砕ける、不気味な音がした。

「ゆくぞ」

左手でお咲の腕を掴み、右手に大刀を構えて、全裸の竜之介は石段を降りる。

羅倮の姿は、もう、どこにも見えない。

石段を駆け上がって来る山伏たちの先頭は、曹徳であった。

「おのれ、楼内先生とお槙の仇敵(かたき)っ！」

竜之介は剣を振り下ろした。

「ぬっ」

曹徳は錫杖（しゃくじょう）を横一文字に構えて、受け止めようとする。

が、竜之介の怒りの太刀は、その錫杖を切断し、曹徳の頭部から胸元まで斬り割った。

曹徳は血を振り撒きながら、石段の脇へ落ちる。

さらに、竜之介は、山伏たちを斬って斬って、斬りまくった。

竜之介が、石堂から洞窟の地面に降り立った時、すでに動ける山伏はいなくなっていた。

竜之介は、倒れている山伏の草鞋（わらじ）を奪って、お咲の足に履かせる。全裸に草鞋という姿が、妙に色っぽい。

竜之介は、自分も裸の足に草鞋を履いた。山伏の衣服も脱がせて、着こみたいところだが、時（とき）が惜しい。

「よし。洞窟の出口は、こっちだ」

お咲の手を引いて、そちらへ行こうとした時、

「――道行（みちゆき）とは洒落（しゃれ）てるな」

二人の前に立ち塞がったのは、瘦せた浪人者であった。五十川刑部に雇われた、人斬り屋の大村千石である。

自分の血なのか、相手の返り血なのか、大村浪人は血まみれだった。

「あの馬鹿代官は死んだようだが、百両を前金で貰ったんで、仕事だけは済ませないとな」

「その仕事とは――」

竜之介は、お咲を遠くへ押しやった。

「無論、貴様を斬ることさ。公方の婿を斬る機会など、滅多にないからな」

にっと虚無的な笑みを見せる、大村浪人だ。

「斬れるかな」

二人は石堂の脇で、対峙した。全裸の竜之介は正眼の構え、血まみれの大村浪人は下段の構えだ。

「竜之介様……」

右手で秘部を、左腕で乳房を隠しながら、お咲は喘ぐように言う。

ややあって、大村浪人が仕掛けて来た。踏みこみながら、斜め上へ斬り上げようとする。

振り下ろした竜之介の刃と大村浪人の刃が、斜め十字に嚙み合った――瞬間、大村浪人は、さっと刃を外して、大きく回すと、竜之介を斬り下げようとする。

だが、竜之介も剣を振り上げていた。正義の剣が、大村浪人の剣よりも迅く、袈裟懸けに斬り下げる。

「がっ」

血を吐きながら、大村浪人は背中を石堂にぶつけて、倒れることを免れた。

「傷は浅いぞ……まだまだ、これから…」

その刹那、びしっと石堂に大きな亀裂が走った。巨大な石堂全体が、鳴動していた。

「な、何だ、これは」

大村浪人は、あわてふためく。石堂のあちこちに亀裂が走り、剝離した岩塊が落ちて来た。

「わっ」

一抱えもある岩塊に頭を砕かれて、大村千石は即死した。

「逃げるぞ、お咲っ」

お咲の胴を左腕でかかえて、竜之介は走る。

その背後で、石堂が幾つかに割れて、その割れ目から黒い影のような得体の知れぬものが、ぬらりと現れる。

お咲の破華の血と竜之介の聖液に加えて、鬼琉と曹源の大量の血によって、焔鬼の復活の儀式が完成したのであろうか。

しかし、石堂の鳴動に洞窟全体が共振して、崩壊を始めた。邪悪な黒いものは、崩れ落ちてきた天井の下敷きになる。

松平竜之介とお咲が洞窟から飛び出して、神戸岩から離れた時、洞窟の入口も崩れ落ちた。土煙が、怒濤のように噴き出す。

これで、復活しかけた何ものかは、また、封じこめられたわけだ。

「竜之介様……」

「お咲……」

明るい陽射しの下に出ると、何もかもが悪夢であったようにも思える。全裸の二人は、ほっとして抱き合った。

が、かちりという音を耳にして、竜之介は振り向く。

四間(よんけん)ほど先の岩だらけの河原に立っていたのは、小宮領代官の五十川刑部であった。羽織も袴も破れて、ひどい格好になっている。

そして、刑部が右手に構えているは、銃身が二つ並んだ燧石銃であった。

「刑部、生きておったのか」

「うるさいっ」刑部は喚いた。

「聖炎教団の焔鬼とかいうのを利用して騒動を起こし、わしがそれを鎮めて、その功で側用人に出世するつもりであった……そのために、山伏どもに江戸で活動する便乗を計ってやったのに……貴様のおかげで、わしの野望が滅茶苦茶ではないかっ」

鬼琉や曹源たちが江戸で暗躍できたのは、旅籠や廃屋などを使わず、刑部の控え屋敷に寝泊まりしていたからだったのである。

「刑部。邪悪な野望が、身を滅ぼすのだ」

「だ、黙れ」刑部は燧石銃を突き出して、

「これは、最新式の二連燧石銃だ。続けて二発撃てるから、貴様も娘も地獄へ送ってやる……ふふふ」

刑部の眼は、完全に狂った者のそれであった。

「むむ……」

竜之介は、お咲を背後に庇った。

何とか二発とも自分が被弾して、お咲を救うしかない——と覚悟する。

その時、凄まじい獣(けもの)の吠え声が渓谷に響き渡った。

「うっ？」

振り向いた刑部の右腕に、矢のように駆けて来た巨狼(きょろう)・太郎丸が喰(くら)いつく。燧石銃が暴発した。

「ぎゃあああっ」

刑部が悲鳴を上げた時、右腕は喰い千切られていた。

次の瞬間、飛ぶように間合を詰めた竜之介の太刀が、頭頂部から股間まで、真っ二つに斬り裂く。刑部の肉体は、左右に分かれて倒れた。

「お咲っ、竜之介様ァ——っ」

喜びの叫びを上げながら、赤井川の下流の方から、お槙が転げるように駆けて来る。その後ろには、弟子田楼内と安吉、五郎吉老人もいた。

「おお、二人とも無事だったのか。安吉も……」

「姉さんっ」

竜之介もお咲も、晴れ晴れとした笑顔になるのであった。

五日後の夜――松平竜之介は、神田銀町（しろがねちょう）のお槙の家にいた。

「竜之介様……」

「姉妹で、ご奉仕させていただきます……」

下裳（したも）一枚のお槙とお咲が、仁王立ちになった竜之介の男根を、左右から舌で舐めまわしていた。無論、竜之介も全裸である。

あれから、聖炎教団事件の後始末に三日ほどかかり、ようやく、今日、江戸へ戻って来たのである。

すぐに、三人の妻のところへ帰りたいが、お槙とお咲が彼に臀孔を捧げたいと熱望するので、今夜だけは、姉妹の相手をするつもりであった。

竜之介の男根が雄々しく勃つと、まず、お咲が四ん這いになって、臀を突き出す。

お槙が下裳をめくって、妹の後門に口をつけた。緋色の排泄孔を舐めて吸って、後門括約筋の緊張を解いていく。

二人とも、青梅の旅籠で、散々、三人乱姦を愉（たの）しんだので、姉妹同士の同性愛行為に抵抗がなくなっているのだった。

後門性交の準備が整うと、竜之介は、片膝立ちの姿勢で、ゆっくりとお咲の臀孔を貫いた。

「ああっ……竜之介様、嬉しい」

お咲は、か細い声で言った。彼女の臀の強烈な締め具合を味わいながら、竜之介は、巨根を抽送する。

「――それにしても、どうして邪悪なものを封じこめた赤地蔵が、橘屋（たちばなや）などの人々に福をもたらしたのでしょうか」

竜之介が旅籠の湯殿で湯につかりながら訊いた時に、弟子田楼内は、こう答えたものだ。

「それはな、凶賊のお永と違って、善人の聡兵衛（そうべえ）が拝んだからじゃ。薬草は、人を助ける薬にもなるし、人殺しの道具にもなる。それと同じだよ」

剣もまた同じ――と竜之介は思う。

活人剣もあれば、殺人剣もある。

（わしも庶人を害する邪悪を断（た）って、正義の剣を追い求めるのだ）

十八娘の後門を責めながら、竜之介は心に誓った。

「竜之介様……お臀を舐めさせて」

姉のお槙が、男の臀に顔を埋めた。後門を舐めまわし、さらに、舌先を丸めて排泄孔に深々と挿入する。

(次は、お槙の臀を貫く番だな。夜明けまで、ふたりとも存分に可愛がってやろう)

そんなことを考えながら、松平竜之介は、妹の味の良い臀孔の奥に、大量に吐精するのであった……。

あとがき

お待たせしました。

残暑もバッサリ斬り捨てる、『若殿はつらいよ』シリーズ第九巻です。

サブタイトルは、ミステリーのファンならお気づきかも知れませんが、江戸川乱歩の『化人幻戯』のもじりですね。内容は、全く関係ありません。

前回は伝奇チャンバラでしたが、今回は邪教物で、色っぽい場面も満載、悪党も大挙登場です。

記憶が定かでないのですが、邪教ネタで長編を書いたのは、これが初めてかも知れません。